Aurora

José Marzo

Aurora

ACVF EDITORIAL
MADRID

Diseño de la colección:
La Vieja Factoría
Ilustración de cubierta: «Sin título», de su autor.

Lectura de prepublicación:
Lola Coya y José Ramírez

Primera edición en papel: *2006*

Primera edición en ebook: *2012*

Segunda edición en papel: *2015*

ISBN: 978-84-935265-0-4

Impresión digital bajo demanda. También disponible en *eBook*

Más sencillo

Ojo de buey

Miguel despertó sobresaltado al oír la alarma del móvil. Pero no había sonado, y en el mismo instante en que despertó, comprendió que sólo había sido producto de su imaginación.

Aquella situación comenzaba a convertirse en una pesadilla: llevaba días pegado al móvil esperando un aviso que no se producía. Le habían encargado que aportara el material fotográfico para un reportaje sobre accidentes de moto. Había retratado a los responsables de las instituciones, a varios parapléjicos en sus sillas de ruedas, había fotografiado incluso las lápidas y los epitafios de algunos fallecidos, pero no había conseguido una sola foto *in situ*, en el lugar del accidente. A fuerza de esperar la llamada de su contacto en la Dirección General de Tráfico, había imaginado a un motorista vestido de cuero tumbado junto a un charco de sangre, y a su lado una moto cuya rueda trasera aún giraba.

Era desesperante: por primera vez después de muchos años, no se producía en la ciudad en una semana un solo accidente de moto con heridos graves o fallecidos.

Cuando por fin sonó el móvil, estaba en la bañera. Salió a trompicones del aseo, se vistió a medio secar y abandonó a toda prisa el apartamento.

Cruzó en automóvil media ciudad hasta llegar al lugar del accidente. Era de noche y distinguió a lo lejos las luces de la policía y de una ambulancia.

A causa de la colisión lateral con un coche, la motorista había salido despedida. Un reconocimiento básico sobre el terreno había bastado para detectarle contusiones y fracturas por todo el cuerpo. Ya la habían reanimado y se disponían a colocarla en la camilla. Habría sido absurdo, completamente absurdo, pensó Miguel, que después de tanto esperar no pudiera obtener algunas fotos. Se abrió paso entre el corro de curiosos y mostró su documentación. A duras penas consiguió que dejaran a la chica un momento donde estaba, en el asfalto, y que retiraran la camilla del encuadre.

Después de todo, la espera había valido la pena. Volvió al apartamento y durmió un par de horas. Por la mañana a primera hora, llevó el carrete al estudio y esperó en una cafetería cercana. Cuando le entregaron las ampliaciones, las observó detenidamente, una por una. Era un buen trabajo. La exposición era correcta, había conseguido mucha profundidad de campo y nitidez incluso en objetos que se movían. Había fotos excelentes, sobre todo aquella en que la chica, contra el negro del asfalto (el entrecejo en el centro geométrico del encuadre), levantaba el brazo y parecía querer tapar con la mano el objetivo de la cámara.

De compras

Carmen sintió como si le clavaran alfileres en los hombros. Estaba tan cansada que ya no aguantaba ni un minuto más. En su casa, nadie movía un dedo por ayudarla; ni su marido, ni sus suegros, y mucho menos sus hijos. Ya eran mayorcitos (el menor había cumplido veinte años), pero seguían siendo igual de desordenados. Ponían la ropa sucia en cualquier parte y tenía que ir tras ellos apagando las luces que dejaban encendidas. Si no fuera por ella, el sueldo de su marido no llegaría para pagar las facturas de electricidad, agua y teléfono. Rara vez utilizaba este último (sólo si era inevitable, y en tales casos el tiempo imprescindible: llamar, dar el recado y colgar); y al ducharse, primero se mojaba, luego mantenía cortada el agua mientras se enjabonaba, y finalmente abría de nuevo el grifo para aclararse.

Se había dejado caer derrotada en el sofá, pero en seguida se levantó con determinación, se arregló y salió de casa.

Fue al hipermercado. Cogió un carrito y se adentró entre las filas de estantes. Siempre buscaba productos en oferta, pero en esta ocasión prefirió los más caros. Acaparó peluches, relojes, vestidos, juguetes electrónicos, zapatos, cámaras fotográficas, salmón noruego y cordero, ostras... No se privaba de nada. Miraba con ansiedad en los estantes y mostradores y, cuando algo la atraía, sin pensarlo, lo echaba al carrito. No tardó en llenarlo, y entonces se procuró la ayuda de un empleado, que la acompañaba provisto de otro carrito. Al pasar por la sección de deportes, escogió una bicicleta de montaña, y al ser abordada por una promotora de artículos de cocina, ésta vio con asombro que aceptaba por duplicado todo lo que le ofrecía.

Los dos carritos iban a tope. Ella caminaba delante, abriendo el paso, y el empleado la seguía a ciegas, pues la montaña de paquetes sólo le permitía ver por los lados.

Cuando llegaron a la caja, ella le pidió que guardara sitio en la cola hasta que regresara con otro artículo. Se mezcló con el gentío que atestaba el pasillo central y, tal como había planeado, salió sin compra del hipermercado.

Hacía un bonito día. El sol brillaba y soplaba una brisa ligera. El dolor de hombros se había esfumado. Se sentía mejor, mucho mejor. Aspiró aire profundamente y luego lo expulsó despacio.

Estaba decidida: volvería a casa andando.

Mundos paralelos

Paco se despertó poco a poco. Sentía a su lado el cuerpo cálido de su mujer. Entreabrió lentamente los ojos y entonces distinguió un resplandor difuso en la pared. Sin embargo, al levantarse cada mañana la habitación estaba en una oscuridad absoluta. Se incorporó sobresaltado y miró la esfera luminosa del reloj, en la mesita. Ya eran más de las siete, el despertador había vuelto a fallar. Refunfuñó cuatro palabras y se levantó, evitando hacer el menor ruido. Su mujer se dio media vuelta en la cama, hundió la cabeza bajo la almohada. Paco buscó a tientas sus zapatos, cogió la ropa de la silla y fue al salón, donde se vistió a toda prisa.

Apenas había comenzado a amanecer, así que los faroles que jalonaban la avenida continuaban encendidos. Caminó a paso rápido buscando un taxi, pero las calles estaban desiertas, y cuando llegó a la parada del autobús, aún no había encontrado ninguno.

Durante el trayecto en autobús vio a un tipo con esmoquin, parecía borracho, subía con dificultad las escaleras de una casa, y luego vio a una pareja abrazándose en el interior de una cabina telefónica.

Fue entonces, sólo entonces, cuando cayó en la cuenta de que era domingo. Se llevó una mano a la frente, se mordió el labio inferior, y agradeció que el autobús estuviera vacío y que el conductor le mostrara la espalda, para que así nadie fuera testigo de su expresión idiota.

Se bajó en la siguiente parada y regresó a casa andando. Ya era de día, las calles seguían desiertas y el cielo estaba gris. Pasó junto a la cabina telefónica donde minutos antes había visto a la pareja besándose, pero la pareja ya no estaba; luego pasó junto a las escaleras, ya solitarias, que un rato antes el tipo del esmoquin subía con dificultad. Lo imaginó por fin en la cama, sintiendo cómo el techo daba vueltas a su alrededor.

Paco nunca trasnochaba. Recordando a la pareja y al borracho, tuvo la sensación de haber tocado, tan sólo por un instante, un mundo que había olvidado hacía ya muchos años.

Hombres mágicos

Según una tradición de Camerún, antaño existían unos hombres mágicos que, al gritar, formaban una niebla densa a su alrededor. En ellos pensó Louis en algún momento, mientras corría Gran Vía abajo y luego por calles estrechas, intentando despistar al grupo de adolescentes que lo perseguía en coche.

Desde la llegada del frío pasaba las noches a la entrada resguardada y amplia de un comercio céntrico, en compañía de otros vagabundos. Pero serían al menos las cuatro de la mañana cuando lo despertó un gemido. Se incorporó y vio al otro lado de la calle a varios muchachos armados de palos que pateaban un bulto en el suelo.

—¡Otro negro! —dijo uno señalándole con el brazo.

Louis recogió sus cosas precipitadamente y echó a correr. Los muchachos dejaron a los vagabundos que comenzaban a despertar por el jaleo y se lanzaron tras él.

Hacía rato que corría sin lograr darles esquinazo. No había encontrado ningún portal abierto donde esconderse y, cuando creía haberlos despistado, topaba con ellos de nuevo. Se había deshecho de su manta y de la pequeña mochila en la que guardaba lo indispensable, ocultándolas para recuperarlas más tarde. Se sentía sin fuerzas, había pasado varias veces por los mismos lugares, y recostado en la fachada de un edificio, sin conseguir mantenerse en silencio ni recuperar el aliento, observaba cómo su garganta seca despedía a intervalos chorros de vaho blanco. Recordó otra vez a los hombres mágicos y entonces echó de nuevo a correr, pero esta vez calle arriba, hacia el parque de El Retiro. Miró a su espalda y, al final de la calle, distinguió el coche con los faros apagados, en el momento en que el conductor pisaba a fondo el acelerador. Louis alcanzó la verja del parque y luego corrió a lo largo de ella hacia una de las entradas. Estaba cerrada. El coche se subió a la acera, frenó, se abrieron sus puertas y de él salieron a toda velocidad sus ocupantes. Pero Louis ya se había encaramado a lo alto de la verja y, de un salto, se había dejado caer al otro lado. Luego corrió hacia los árboles y se adentró en la espesura. Hasta allí no llegaba más luz que la de la luna, que iluminaba una niebla muy blanca y tan espesa que Louis apenas si distinguía la punta de sus zapatos.

Deterioro

Pilar se había encerrado en el servicio. Había dejado caer el albornoz al suelo y se miraba desnuda en el espejo. Observó los pliegues de la piel de su vientre y la grasa acumulada en las caderas y en los muslos, se subió con ambas manos los dos senos y luego, con la yema del dedo, recorrió las arrugas de su cuello. Nunca había sido una mujer guapa, pero tampoco fea. Estaba orgullosa de sus ojos, que eran negros, y de sus pies. Allí aún conservaba tersa la piel, muy blanca, y los dedos no se habían deformado por el uso de calzado estrecho.

A veces tenía la impresión de que los últimos treinta años de su vida eran la historia de un progresivo y lento deterioro.

Ahora le gustaba creer que se había casado con el único propósito de escapar del hogar paterno y que su matrimonio había sido desde el principio una mentira, para así despojar a su memoria de tantos desengaños. Sin embargo, aunque era cierto que comenzar una nueva vida lejos de sus padres fue uno de los motivos por los que se casó, también lo era que durante mucho tiempo estuvo enamorada de su marido, que lo quería, e incluso que en algún momento se prometió a sí misma que siempre lo querría como entonces.

A los quince años de matrimonio, su marido le confesó que tan sólo la «apreciaba», y a los veinte, que era homosexual.

Por aquella época, Pilar ya comía en exceso y dormía de mañana y de tarde, mientras que por las noches deambulaba a oscuras por la casa. Frecuentaba las iglesias y soñaba (qué lejano y estúpido le parecía ahora todo aquello) con recuperar su virginidad y casarse con un hombre que la quisiera de verdad.

Una noche se acostó con uno de los amigos de su marido. Aunque ese hombre y su marido eran amantes, Pilar se sintió culpable de infidelidad.

Pero había pasado un año; un año era mucho tiempo, y ya no quedaba nada de aquel sentimiento.

Se miró otra vez en el espejo y después lo empañó con su aliento.

¿Quién dice que cincuenta años es una edad muy avanzada para volver a comenzar? El próximo verano ampliaría su escote y acortaría las faldas. Se compraría unas sandalias y pasearía sola por la avenida. Como de niña, como jugando, volvería a pintarse de rojo las uñas de los pies.

Último pensamiento

El día en que murió don Alfonso era viernes, y aquella mañana, como la mañana del primer viernes de cada mes desde hacía diecisiete años, puso flores frescas sobre la tumba de su difunta esposa.

Él era, ante todo, un anciano respetable. Amante del buen vestir y de la buena educación, calzaba zapatos de piel siempre limpios y usaba traje oscuro de buen paño, y cuando se cruzaba con algún conocido por la calle, levantaba el sombrero un palmo por encima de la cabeza.

Pero los ojos se le escapaban tras las mujeres. Gordas o flacas, altas o bajas, guapas o feas, todas le gustaban. Por fortuna, su respetabilidad quedaba a salvo tras unas discretas gafas de cristales ahumados.

También aquella tarde, como la tarde del primer viernes de cada mes desde hacía diecisiete años, tomó el autobús que conducía a la Puerta del Sol. Se apeó en la plaza y se encaminó a la calle de la Cruz. Subió las viejas escaleras. Aceptó carilargo y sin una palabra la llave que el conserje le extendió sonriendo. Cogió un pasillo estrecho y oscuro a la izquierda y luego otro igual a la derecha. Abrió la puerta con la llave, cerró a sus espaldas y contempló a la mujer que lo esperaba en la cama.

El corazón le falló al primer contacto.

Consciente ya de su muerte, aún tuvo un último pensamiento: su cuerpo desnudo en aquel cuarto, sobre sábanas sucias y calientes, entre paredes pintadas de verde, apestando a tabaco... ¿Qué dirían de él en el barrio?

Su novio

Según ella misma decía, su novio era «uno de esos estúpidos que piensan que si te sientes bien, conduces bien y tu coche tiene buen aspecto, todo está bien».

Tenía que reconocer que su novio era un poco gilipollas, aún más si se tenía en cuenta que carecía de coche. Lo vendió cuando, tras un control de alcoholemia, le retiraron el carné de conducir.

Se emborrachaba con demasiada frecuencia. Cuando estaba sobrio, era una excelente persona, pero el alcohol rebaja a cualquiera, y su novio no era la excepción. A veces se sentía avergonzada. Recordaba, por ejemplo, un trayecto en autobús: él no paraba de decir tonterías en voz alta, los ojos medio cerrados, con expresión idiota, y ella, junto a él, miraba hacia otro lado, pretendiendo dar a entender a los demás viajeros que no tenían ninguna relación, que ni siquiera se conocían, que iban sentados en asientos contiguos por pura casualidad.

Pero lo quería, no podía evitar quererlo.

Y era, pese al alcohol, un amante excepcional.

Sin embargo, tenía demasiado a menudo la impresión de que lo que para ella era «hacer el amor», para él no pasaba de «follar».

No sabía qué hacer, si reír o llorar, cada vez que recordaba aquella ocasión en que, justo antes de alcanzar el orgasmo, pidió a su novio que le dijera algo bonito.

—Te voy a llenar el depósito —respondió él.

Otros cuarenta años

El tambor. Se detuvo otra vez ante el escaparate con las manos enlazadas a la espalda y lo observó un buen rato. La membrana de piel, sobre la que descansaban dos hermosos palillos de madera, aún no había recibido un solo golpe.

Su pasión por los tambores procedía de cuarenta años antes, cuando aprovechando un permiso en el servicio militar viajó con unos compañeros a Calanda, en Teruel. Allí asistió a la celebración del Viernes Santo. Como cada año, desde las doce horas de ese día hasta la misma hora del sábado, cientos de tambores redoblaron sin cesar. Aquel redoble largo y colectivo lo conmovió tanto y de una manera tan inexplicable que se le saltaron las lágrimas.

Ahora encontraba ridículo que entonces veinte años le parecieran una edad muy avanzada para comenzar a tocar un instrumento, aunque fuera tan sencillo como el tambor. Su vida había sido en ese aspecto una absurda pérdida de tiempo. A los treinta años pensó que ya era muy mayor, pero que si hubiera comenzado a tocarlo cinco años antes, ya sería un virtuoso. Lo mismo pensó a los treinta y cinco de los treinta, y así sucesivamente. Siempre ponía disculpas y nuevos plazos. El verano siguiente, no, mejor otro más, el exceso de trabajo, los niños... Además estaba su mujer, que siempre intentó quitarle la idea de la cabeza, hasta que en vista de su propia indecisión, acabó simplemente por no tomarle en serio.

Desde hacía varios años y hasta esa misma mañana, había tenido un propósito muy claro. Porque la semana siguiente se jubilaba, y con la jubilación se acababan las responsabilidades y no valían nuevos plazos. En adelante podría dedicar todas las horas del día a sí mismo. Compraría de una vez por todas un tambor y aprendería a tocarlo, por ridículo y estúpido que alguien lo juzgara.

Esa misma mañana le llamó su hijo, ya casado, para comunicarle el embarazo de su esposa. Por fin serían abuelos. La pareja trabajaba, así que ellos tendrían que cuidar a menudo del nieto. Discutió con su mujer. El ruido excesivo entorpecía el desarrollo psíquico de los bebés, argumentaba ella; que él, una persona madura, decidiera qué era lo más conveniente...

Volvió a mirar el escaparate y suspiró. Lamentaba no tener elección posible: las circunstancias le obligaban a posponer la compra del instrumento hasta que su nieto fuera algo mayor.

La encuestadora

La vida diaria de Juan y Amparo era una sucesión de pequeñas costumbres. Era la disciplina del hábito la que, según ellos, los mantenía vivos y alerta a sus setenta años. No habían tenido hijos y ya no debían asumir responsabilidades, pero seguían respetando día tras día, monótonamente, el mismo horario. Cada mañana, se los podía ver durante una hora paseando del brazo por el barrio. Nadie era capaz de imaginar al uno sin el otro. El resto del día, mientras que él escuchaba la radio, ella veía la tele.

Una mañana, acababan de almorzar cuando alguien tocó su timbre. Era una encuestadora. Quería hacerles algunas preguntas sobre la política económica del Gobierno, explicó a través de la puerta. Ellos no sabían nada de economía y estaban convencidos de que su opinión ya no le interesaba a nadie. Pero observaron por la mirilla (primero ella y después él), y la chica, pequeña de estatura, pelo oscuro y corto y ojos azules, les pareció simpática y agradable.

—Un momento, por favor —oyó la encuestadora desde el rellano de la escalera.

Regresaron al interior, y mientras él llevaba las tazas sucias a la cocina, ella se peinó, alisó su vestido y se calzó. Después, mientras ella limpiaba la mesa y ahuecaba los cojines del sofá, él cepilló su pantalón y se puso la corbata, los zapatos y la chaqueta.

Se encaminaron otra vez hacia la entrada. Él, muy recto, abrió la puerta, y ella, un paso por detrás, las manos cogidas en el regazo, sonrió.

En el rellano ya no había nadie. Oyeron pasos que bajaban al final de la escalera; después, pasos en el vestíbulo del edificio. Oyeron la puerta, que se abría, y, finalmente, el ruido seco que produjo al cerrarse.

Sólo un poco

Fulgencio descubrió que su mujer tenía un amante.

Después de veinticinco años de matrimonio, tenía la sensación de que su vida había sido una gran mentira. En cierto modo, había participado en el rodaje de una película: ahora los reflectores se habían apagado y se encontraba solo en medio de un plató vacío. Se sentía aturdido. No lamentaba haber sido fiel a su esposa ni haberse dedicado por entero a su familia y su trabajo, porque eso era lo que siempre quiso hacer y lo único que le importaba. Lo que le avergonzaba era, precisamente, no lamentarlo.

Por la noche contrató dos prostitutas y se dejó ver con ellas en un par de discobares de moda. Eran guapas y jóvenes, cultas y elegantes. Las convidó a los platos más exquisitos en un restaurante de relumbrón y dejó a los camareros propinas suculentas.

Bebió bastante. Caminaba alegre con una colgada de cada brazo, cogiéndolas a veces por la cintura, y recordó algún chiste verde de cuando no tenía más de veinte años.

Había reservado una habitación en un hotel. Ellas sonrieron al ver en la mesa el champán y los dos ramos de rosas que había encargado.

Luego no supo qué hacer. Se quitó la americana y se aflojó el nudo de la corbata. Sentado en el sofá y con la cabeza recostada en el respaldo, el techo girando alrededor, transcurrió un tiempo que le pareció infinito. Comenzó a sentirse ofendido por las risas estudiadas de las muchachas y por su aparente naturalidad, por sus caricias medidas, por los nombres falsos que le habían dado, por el maquillaje y por la laca de su pelo, por su interés fingido, por tantas y tantas cosas... y cuando al fin, ya cansadas, lo masturbaron, sintió como si el miembro fláccido que tocaban fuera de otro.

Durmió un par de horas. Cuando despertó, se duchó, se vistió cuidadosamente, se rehizo el nudo de la corbata, y acudió a recepción. Pagó la factura con tarjeta de crédito y sacó de su cartera un billete para dejarlo como propina al empleado.

Tomó el ascensor para bajar al garaje. Cuando la puerta se hubo cerrado, alzó la cabeza y se vio reflejado en las paredes de cristal: un hombre viejo, de aspecto cansado. Deseó tener una pistola. Se introdujo el dedo índice lentamente en la boca y fingió un disparo. Imaginó el espejo y el suelo del ascensor llenos de sangre y restos de sesos. Imaginó la llegada inútil de una ambulancia y la cara pálida y seria del médico forense. Fulgencio se frotó los ojos. Entonces sonrió y se sintió un poco mejor, sólo un poco.

Cada uno en su casa

Algún día le iba a dar un patatús subiendo la escalera. Ella, a sus setenta años, ya no estaba para esos trotes. Ochenta peldaños hasta el quinto piso, cargada con las bolsas de la compra...

En el primero vivían los González. Todo el mundo sabía que la mujer, Juana, era una santa. Siempre atareada, consagrada a su casa y su familia, caminando sin hacer ruido del salón a la cocina, de la cocina al cuarto de estar, del cuarto de estar al baño. Vestía de negro desde que murió su padre, hacía cinco años, aunque había quien decía que era por orden de su marido, muy celoso, quien tampoco le permitía maquillarse. En fin, una santa, pero también un poco tonta. Ya se sabe: mujer tonta, hombre tonto... familia numerosa.

En el segundo vivía don Mariano, profesor de escuela. Era una lástima que viviera solo. Un hombre sin mujer es como una uña sin carne. Había quien comentaba que tenía costumbres un poco raras, que si se arrimaba demasiado a las niñas de octavo, que si frecuentaba mujeres poco... ¿cómo podía decirlo?

¡Qué barbaridad! A la gente debería darle vergüenza siquiera pensar esas cosas, y menos de un hombre como don Mariano, pero ya se sabe, la envidia, que lo pudre todo...

Los Pérez, qué buena gente. Él, tan trabajador, y ella, tan cariñosa. Los vecinos del tercero eran un modelo de virtud. A menudo los veía pasear por el barrio; él siguiendo el fútbol con la radio pegada a la oreja y ella colgada de su brazo. Lástima de sus hijos, que les habían salido rana. Había que verlos, ¡con esos pelos largos! ¡con esas pintas de vagos! Ella juraría que lo que fumaban no era tabaco. «Mira, Pepi —advirtió un día a la madre—, vigila a tus hijos, que se te pierden...»

En el rellano del cuarto no podía más y se detuvo. Le dolían la espalda, las articulaciones de los dedos, las rodillas... Dejó las bolsas en el suelo, respiró hondo y se desentumeció los dedos. En ese momento un hombre abrió la puerta y se precipitó escaleras abajo. La saludó, pero no contestó. ¡Estaban listos si pensaban que ella iba a tratarlos como a personas! Porque no eran personas, ¡eran animales! Los escuchaba perfectamente desde su dormitorio, en el piso superior, y hay cosas que ni siquiera el matrimonio permite. ¡Esos jadeos! Además, ¿quién le garantizaba que estaban casados? No, ningún matrimonio jadeaba de esa manera.

Hizo un último esfuerzo y subió de un tirón hasta el quinto. Por fin dejó las bolsas junto a su puerta, sacó las llaves y abrió. Miró un instante la chapa colocada bajo la mirilla de la puerta. Con el ceño fruncido, volvió a coger las bolsas, entró en la casa y cerró a sus espaldas. Salió de nuevo después de unos segundos. Con un pañuelo humedecido, frotó con energía el

Cristo de latón, el relieve dorado de las letras: «Cada uno en su casa y Dios en la de todos».

Diez céntimos

Durante siete días no probó una gota de alcohol, hasta que una mañana, camino del trabajo, se detuvo en un bar y pidió una cerveza.

Acodado en la barra de este otro bar recordaba confusamente los tres últimos días. No había parado de beber desde entonces. Ya había gastado todo su dinero en metálico y en algún establecimiento le retiraron la tarjeta de crédito.

¿Dónde había dormido? Ni siquiera estaba seguro de haber dormido, quizá alguna cabezada, qué importaba.

Esta camarera tenía cara de ser comprensiva. Comprensiva era la palabra. Una mujer comprensiva, madura, de cintura ancha, también muy ancha de caderas y con grandes pechos...

Pidió una cerveza y después algunas más.

—¿Qué le debo? —preguntó después de no sabía cuánto tiempo.

—Siete euros con veinte.

Hurgó en el bolsillo y puso en la barra su única moneda, de diez céntimos.

—Cóbrese —dijo, y tomó otro trago de cerveza.

Cerró los ojos pesadamente y cuando los abrió afuera anochecía y la moneda seguía en la barra. No había nadie en el bar, a excepción de una pareja que se besuqueaba en un rincón, un grupo de hombres que jugaban a las cartas y la camarera.

—¿Qué le debo? —volvió a preguntar.

—Siete con veinte —repitió ella.

—Cóbrese —dijo él acercándole los diez céntimos con un golpecito del dedo.

Cerró los ojos y sintió muchas, muchas ganas de dormir.

Cuando los abrió estaba tumbado boca abajo en el piso de cemento de un garaje. Era de noche y se sintió terriblemente solo allí en medio. Recordaba haber sido golpeado y empujado, pero no cómo ni por quién. Tampoco sufría ningún dolor.

En la fuente de un parque cercano se lavó la sangre que le cubría un ojo y se limpió las magulladuras de los codos y de las rodillas, y luego, al pasar ante un escaparate, descubrió que tenía moratones en los pómulos y en el cuello.

Palpó el pantalón y comprobó aliviado que tenía la moneda de diez céntimos en el bolsillo. Echó a andar. En este barrio eran demasiado brutos. La próxima vez probaría en algún bar de otro barrio.

Fin de semana

Otra vez el fin de semana. Cada viernes, Ana se volvía malhumorada y triste, porque los fines de semana llegaban con un montón de horas libres y ella no sabía en qué ocuparlas.

A la salida de la oficina, coincidió en el autobús con una compañera de trabajo, que al despedirse le dijo: «Quizá te llame mañana».

Los sábados solía permanecer en la cama hasta el mediodía, pero este sábado despertó temprano y ya no consiguió volver a dormir. Recordaba claramente el sueño que había tenido y lo apuntó como siempre en su agenda: había lanzado una piedra al agua negra de un estanque, pero no se formaron ondas en la superficie; luego se asomó y vio reflejada una mujer vieja con un niño dormido en brazos; se asomó más, introdujo la cabeza hasta el cuello en el agua, y entonces el resto de su cuerpo desapareció y sólo tuvo conciencia de su cabeza incrustada en un bloque de hormigón.

Por la mañana salió y compró un vestido ajustado y unos zapatos de tacón alto. A mediodía, comió sólo un poco de fruta y en seguida se probó la ropa ante el espejo. Se sentía a gusto con su vestido y sus zapatos nuevos, así que se sentó en el sofá para ver la película de la tarde sin quitárselos. Primero pensó que su compañera de trabajo la telefonearía durante la sobremesa, y cuando pasaron dos horas y ya había terminado la película, pensó que ya no la llamaría hasta la noche. Al ponerse en pie descubrió que los zapatos le hacían daño, y al mirarse de nuevo en el espejo, que el vestido le ceñía demasiado la cintura. Buscó en el armario y se probó otros vestidos y luego escogió otro par de zapatos.

Se miró en el espejo. Ana reconocía tener tres defectos, pero no le importaban: se ponía rímel para ennegrecer las pestañas incoloras, se empolvaba la nariz para disimular su punta respingona y se pintaba con mucho carmín para hacer pasar por carnosos unos labios demasiado finos. Se lavaba, se duchaba de nuevo. Volvía a ponerse rímel, volvía a empolvarse la nariz, se repintaba los labios.

Por la noche se asomó a la terraza y observó la puerta del discobar de su calle, las parejas y grupos que salían y entraban; escuchó sus risas y pedazos de conversaciones, la música que escapaba del local cuando se abría.

Se sentó en el sofá con el teléfono en las rodillas. Marcó las primeras cifras del número de su compañera, pero en seguida volvió a colgarlo. Ella le dijo que la llamaría el sábado, sin asegurarlo, y el sábado aún no había terminado.

«Quizá me llame todavía», pensó Ana.

Se quedó dormida en el sofá. Cuando despertó tenía los pies fríos. Habían pasado varias horas y la puerta de la terraza seguía abierta.

Se asomó a la calle. No había nadie, el discobar ya había cerrado, y a lo lejos, dos luces intermitentes, una roja y otra verde, se turnaban para anunciar ropa vaquera.

La pelota

A causa de la huelga de transporte, Alberto tuvo que volver andando a casa aquella tarde. Había estado como un pasmarote varios minutos en la parada del autobús, hasta que alguien le advirtió de su despiste. Confuso, dio las gracias y echó a andar calle abajo. No le apetecía caminar; le dolían los pies (los zapatos le apretaban demasiado), y después de ocho horas en la oficina, caminar era realmente lo último que uno deseaba.

Carpetas y carpetas llenas de expedientes. El trabajo se le había ido acumulando en las últimas semanas; mañana tendría que hacer horas extraordinarias, si fuera necesario. Hoy caminaba con las manos en los bolsillos del abrigo, la vista puesta en un punto imaginario del suelo, dos o tres metros por delante de él, sobre la acera. Al llegar a casa, se quitaría los zapatos, haría café, hojearía el periódico y vería la televisión. El hombre es un animal de costumbres (¿dónde lo había leído?). A él le gustaba pasar el resto de la tarde en el salón, cumplir la rutina diaria y vaciar la mente mientras fumaba un cigarrillo.

Una pelota de fútbol amarilla cayó a sus pies. Miró a su alrededor. En ese momento, pasaba junto a la verja de la cancha de un colegio. Desde abajo, en el patio, varios niños le pidieron a gritos la pelota, que entretanto rodaba por la acera. Pensó en apretar el paso y cogerla, pero no se decidió. No había cerca ningún otro peatón. En la calzada, los coches, numerosos, esperaban el cambio de semáforo. La pelota seguía rodando; luego tropezó con el pie de una farola, cambió su rumbo y, entrando en la calzada, se escabulló entre los coches.

Alberto ya caminaba muy lejos, a más de cien metros de distancia. Durante un rato no pudo apartar la pelota de su pensamiento. Se preguntó si no debería haber ido en su busca para arrojarla por encima de la verja.

Estaba a dos manzanas de casa. Haría café, hojearía el periódico y vería la televisión. Fumaría un cigarrillo.

Los pies le dolían cada vez más.

No veía llegar el momento de quitarse los zapatos.

Diplomacia

El matrimonio ya estaba cenando cuando sonó el timbre. Fernando se levantó a abrir y encontró en el umbral a su primo, y junto a él una maleta. Vestía una gabardina vieja y llevaba las botas sucias de barro. Semanas antes habían recibido una carta suya en la que les preguntaba, con mala ortografía, por la posibilidad de alojarse con ellos unos días; en el pueblo el trabajo escaseaba y quería buscar empleo en la ciudad. Ellos respondieron negativamente con mucho tacto. Al parecer, se habían excedido en su diplomacia.

Le hicieron pasar a la cocina y, dado que la cena ya estaba en la mesa, añadieron un plato para él. Cenó con la gabardina sobre las rodillas y la maleta a los pies. Charlaron de las dificultades de encontrar empleo y muy brevemente de la familia.

—¿En qué hotel estás? —le preguntó ella.

El primo se mostró confundido y se sonrojó.

—Aún no he buscado ninguno —dijo al fin encogiéndose de hombros.

—No te preocupes —repuso ella—, aquí cerca los hay muy buenos. Ahora es temporada baja, así que tendrán habitaciones libres.

En cuanto terminaron de cenar, Fernando se ofreció para llevarlo en coche.

Primero lo dejó en uno de tres estrellas. Esperó a la puerta para asegurarse de que cogía una habitación, pero al minuto su primo salió lamentándose de que estaba completo, cuando él hubiera apostado un brazo por lo contrario. Fueron a otro hotel de la misma categoría y ocurrió lo mismo. Luego lo llevó a establecimientos de categorías inferiores, y él justificaba el no quedarse con ninguna habitación porque estaban sucias o carecían de baño.

—Pero no es necesario que me acompañes —le pedía.

Finalmente lo llevó a una calle del centro conocida por sus pensiones y hostales baratos. Observó que su primo dudaba.

—No me esperes —insistió—, no es necesario.

—Como quieras —accedió.

—Buscaré yo solo. En esta calle se ven muchos carteles. Despídeme aquí.

Pensó entonces Fernando que quizá su primo no tenía siquiera el dinero suficiente para permitirse una pensión. Salieron del coche. Abrió el portaequipajes y dejó la maleta en la acera. Había cogido con discreción varios billetes de su bolsillo, y al estrechar la mano de su primo, se los puso en ella.

—Hasta la próxima —se despidió—, ya sabes dónde estamos.

Luego subió al coche sin mirar atrás ni esperar respuesta.

El portero del Palace

El portero del Palace es alto y fornido. Luce un pecho y un estómago voluminosos que a veces parecen querer reventar los botones dorados de su chaquetón. El sombrero de copa, rematado por una falsa pluma de ganso, acentúa su estatura. Cuando camina o se inclina, la pluma de ganso oscila con la gracia de una bailarina clásica con tutú.

Hace mil años, un antepasado del portero del Palace era un poderoso señor con carros, halcón, bodegas de vino y una capilla. Al atardecer subía a la torre del castillo y constataba que todos los campos, todas las casas, todos los hombres, todas las mujeres y todos los animales que su vista alcanzaba le pertenecían.

El portero del Palace intuye que es descendiente de reyes.

No puede demostrarlo, aunque a veces, al inclinarse para abrir la portezuela de un taxi, nota que la librea le queda estrecha y que una angustia antigua se le clava en la boca del estómago.

La hormiga

Antoñito hunde la punta del dedo en la arena y coloca la hormiga en el fondo del cráter. La hormiga mueve con rapidez las patitas, alcanza la cresta del cráter y se aleja en línea recta. De pronto, topa con la palma de la mano que Antoñito acaba de poner, retrocede, la bordea hasta la muñeca y se sube a ella.

—¡Antoñito! —llama su madre desde la puerta de casa.

Antoñito odia los fines de semana en el chalé con sus padres y sus tíos. Los domingos comen chuletas a la brasa y se pasan una bota de vino con gaseosa mientras repiten los mismos chistes de la semana anterior.

La hormiga camina con dificultad. Se enmaraña en los pelos del brazo y queda suspendida en el aire, sin alcanzar la piel con sus patitas. Antoñito hunde el dedo en la arena y vuelve a colocar la hormiga en el fondo del cráter. Ésta se apura hacia la salida, pero él la mantiene en el fondo con golpecitos de la punta de su dedo.

—¡Antoñito!

Antoñito coge un puñado de arena y la deja caer lentamente por entre sus dedos sobre la hormiga, hasta enterrarla y cubrir el hueco del cráter. Espera y, al cabo de un rato, se forma una pequeña depresión en la superficie de la arena. La depresión aumenta, ve aparecer un punto negro. La hormiga lucha por salir. Saca las antenas y la cabeza, ya tiene medio cuerpo fuera. Antoñito coge otro puñado de arena y lo deja caer por entre sus dedos, lentamente, sobre ella.

—¡Antoñito!

Esta vez Antoñito ha echado demasiada arena y, donde antes había un cráter, ahora hay una montaña. Espera un rato, pero no se forma ninguna depresión en la superficie.

—¡Antoñito! ¿Quieres venir de una vez por todas?

Antoñito imagina la hormiga allá abajo, enterrada por centímetros cúbicos de arena, moviendo desesperadamente las patitas. Con el dedo, va quitando capas de arena. Quita una capa tras otra hasta que asoma de nuevo la hormiga. Al principio parece aturdida, la espalda en la arena y las patitas moviéndose nerviosamente en el aire, pero luego recupera la posición y huye.

—¿Es que no me has oído? ¡Te he dicho que vengas!

Su madre, furiosa, avanza un paso. Antoñito se pone en pie de un salto y, antes de correr hacia la casa, busca la hormiga con la mirada, y la pisa y la estruja con el zapato.

Suerte

El taxi lo dejó en mitad de la calle. Regresaba del hospital convertido en una piltrafa humana: una pierna y un brazo escayolados, apoyado en una muleta, vendas envolviéndole varias partes del cuerpo. Una bolsa en bandolera al hombro era todo su equipaje. Antes de encaminarse al portal dudó por un instante y miró a su alrededor, temiendo que alguien lo reconociera.

Su caso ocupó algún párrafo en las páginas de sucesos de los periódicos de información local, hacía ya varios meses. Decían que era un hombre con suerte porque había sobrevivido a la explosión que él mismo provocó. En realidad, era un tipo sin ninguna suerte, porque lo que a él le gustaría era precisamente estar muerto. En ningún momento se le había pasado por la cabeza explicar los motivos de su intento de suicidio. Uno se suicida, está claro, porque no se le ocurre nada mejor.

No tenía familia ni amigos, es cierto, pero también lo es que ni una cosa ni la otra le hacían la menor ilusión.

Lo había intentado con gas. Silencioso y sin dolor. Cortó las gomas de la instalación para conducirlo hasta su dormitorio. Luego se tumbó en la cama. Quizá se dispuso a fumar el último cigarrillo. Era cierto que no recordaba si todo estalló por negligencia o si lo provocó adrede para dar más espectacularidad a su suicidio.

De lo demás le informó semanas después una enfermera. La explosión destruyó su piso, que era el quinto y último, y los dos del cuarto. Murieron una anciana que vivía sola y una pareja joven con su hijo. Él los conocía, naturalmente, aunque nunca acostumbró a relacionarse con sus vecinos.

Aún había sacos en algún rellano, restos del material que el Ayuntamiento había empleado en la reconstrucción de las viviendas. No coincidió con nadie en la escalera. Subió como pudo y dándose todo el tiempo del mundo hasta la quinta planta. Traspasó el vano sin puerta de su apartamento. No había en efecto puertas, ni ventanas, ni electrodomésticos, ni muebles. El piso era de cemento, y el techo y las paredes, de yeso. Dejó la bolsa a un lado y recorrió despacio todas las piezas. No encontró nada. Por un instante había tenido la esperanza de encontrar algo, una mesa o un taburete. O un espejo donde poder contemplarse, cubierto de vendas y escayolas, de pie entre aquellas paredes desnudas.

Trapos sucios

El abuelo ya tenía noventa y tantos años cuando murió.

Lo encontraron en la cama desarropado a pesar del frío, un pie colgando por el borde. En el último momento había intentado levantarse, pero probablemente nunca llegó a poner el pie en el suelo.

Debían de ser ya más de las nueve cuando su nieto percibió en el pasillo un olor desagradable, al que en principio no dio importancia. Cuando minutos más tarde recorrió de nuevo el pasillo, percibió con más fuerza el olor, buscó el origen de cuarto en cuarto y al final entró con un vago presentimiento en la habitación del abuelo.

A las voces del nieto, acudió la hija, de unos cincuenta años de edad, que se quedó en el umbral del cuarto con expresión de disgusto, llevándose las manos a la cabeza.

Los dos se sentían desconcertados. El yerno atendía una cita de negocios y no podía ser molestado. Los papeles del médico y la funeraria estaban a la vista, sobre la mesita de noche. La hija descolgó el teléfono y marcó el número del médico, pero en el último instante, antes de que respondieran, volvió a colgarlo. A quien sí llamó fue a su hermana, que se presentó en seguida. Aunque vivía a tan sólo dos calles de distancia, sus asuntos le habían impedido venir las últimas semanas. Cambiaron las sábanas sucias por otras limpias, moviendo con dificultad el cuerpo, y luego, al quitarle la ropa interior, cayeron en la cuenta de que no disponían de recambio. El abuelo tenía otra muda, pero llevaba una semana sucia en la lavadora.

Su nieto salió a comprar a regañadientes unos calzoncillos y una camiseta blancos de algodón, mientras que las dos hijas lo desnudaban y lo limpiaban con una esponja. Él tardó casi veinte minutos en regresar con la ropa interior nueva y ellas emplearon otros diez o quince en colocársela, a causa de la rigidez de sus miembros.

Barrieron el cuarto y lo ordenaron, pasaron una fregona y limpiaron el polvo. Luego observaron un instante desde el umbral. El abuelo estaba tumbado boca arriba, arropado hasta la barbilla por una sábana muy limpia, los ojos cerrados. Le habían peinado y le habían puesto unas gotitas de colonia tras los lóbulos de las orejas.

Las hijas se decidieron por fin a llamar al médico y a la funeraria. El nieto, fastidiado por tanto preparativo (nunca había visto una expresión tan serena en el abuelo ni su cuarto tan ordenado), se marchó a la calle. Lamentaba no haber salido de casa dando un portazo. Seguía teniendo la sensación de que también habría lamentado dar el portazo.

Gran Vía

La habitación donde se alojaba Marisa no daba a la calle, sino a un pequeño patio interior.

Había ropa y más ropa colgada de los tendederos, en todas las plantas, de ventana a ventana. La suya estaba entreabierta. Por ella le llegaban trozos de discusiones, de una canción, el ruido de un televisor y de la cisterna de un retrete, y el suave olor a pescado frito del restaurante del bajo.

Ya estaba harta de aquellas cuatro paredes. Aún no era de noche cuando se vistió de nuevo y abandonó la habitación.

Deambuló por el barrio.

¿Qué estarían haciendo en ese momento su padre y su madre, sus hermanos?

Vino a Madrid con la intención de estudiar y de empezar una nueva vida. Por las mañanas trabajaba en una casa. Hacía la colada y planchaba, fregaba, quitaba el polvo, cocinaba; además, cuidaba de un niño; aunque a sus compañeros de clase, quizá por vergüenza, sólo les decía eso, que cuidaba de un niño. Por las tardes estudiaba idiomas en una academia. Empezó con entusiasmo, pero después de varias semanas la rutina le había ido robando las ilusiones. Ya no quería estudiar, no quería hacer nada. A veces pensaba que sería feliz no haciendo otra cosa que dormir y olvidar.

Llegó a la Gran Vía. La recorrió de un extremo a otro y luego volvió sobre sus pasos. Observó a la gente, personas que iban y venían, en parejas o solas, algunas con prisas, con bolsas de grandes almacenes, que esperaban un autobús o salían al encuentro de un taxi, cada una pensando en sus cosas.

Ya era de noche. En medio de aquel ajetreo, Marisa se recostó en una farola y, sin saber por qué, se sintió tan sola que sus párpados se humedecieron.

—Por favor, señorita —oyó a sus espaldas.

Confusa, se hizo a un lado para dejar sitio al barrendero que tiraba del carrito. Sintió bochorno, como si la hubieran sorprendido haciendo algo inadecuado, o como si fuera un estorbo.

Luego secó sus ojos con un pañuelo de papel y, apretando el paso, huyendo de todo y de todos, regresó a la pensión.

Calor

Esa noche José no podía dormir. Hacía ya mucho rato que permanecía tumbado boca abajo, sin cambiar de posición ni mover un solo músculo, los ojos abiertos en la penumbra. Hacía calor, mucho calor, y sentía gotas de sudor en el cuello, el pecho y las ingles; una sensación que no suavizaba la brisa, muy ligera, que a veces entraba por la ventana alterando apenas los pliegues de la cortina.

Junto a él, en la cama, estaba Elena. No la veía, pero la sentía a su espalda y sabía que estaba cubierta por una sábana hasta la cintura, como tenía por costumbre, a pesar del calor, y la oía respirar pausadamente.

Tenía sed. Un coche pasó por la calle y él se sintió sumergido hasta el cuello en un baño de agua fría.

Elena cambió de postura y rozó con la rodilla su muslo. Así permanecieron, con la rodilla de ella presionando suavemente la pierna de él a través de la sábana, durante un tiempo que a José le pareció interminable.

Distinguía un pedazo de tejado y una antena de televisión a través de la cortina. Imaginaba una fachada de ladrillos con ventanas y más ventanas alineadas, y dentro de cada ventana una persona que dormía, como... «como en los nichos de un cementerio», pensó; una ocurrencia que de pronto le hizo sentirse más despierto.

Deseó ponerse en pie, vestirse y salir a la calle. Deseó dar un largo paseo, caminando por medio de la calzada sobre la línea blanca y discontinua, sentir el aire fresco entrando en su garganta y correr iluminado por las largas filas de farolas, los pies golpeando con elasticidad el asfalto, correr cada vez más rápido...

Pasaba el camión de la basura y los operarios vaciaban los cubos en su interior.

Hacía calor, mucho calor.

Seguía en la cama, sin moverse, tumbado boca abajo.

Cosas de niños

Era la primera vez que Alicia salía del barrio. Durante el trayecto, le habría gustado pegar la nariz al cristal del autobús como había visto hacer a menudo a los niños de las películas de la tele, pero era su madre quien se había sentado junto a la ventanilla.

Observó todo, todo le pareció nuevo. En este barrio, eran distintos los edificios y las plazas, los comercios; tuvo la impresión de que algunas personas también eran distintas; o quizá eran las mismas personas que se comportaban de otra manera.

Llegaron a una casa con patio. El patio estaba lleno de plantas y de hojas, las uvas colgaban sobre su cabeza.

Su madre le dijo que no cogiera nada, que no tocara nada, y la dejó sentada a una mesa muy grande de piedra. A veces, Alicia veía a su madre cerca de alguna de las ventanas que daban al patio: en la cocina fregando platos, o en uno de los cuartos limpiando el polvo o barriendo, vestida con una bata azul, siempre muy atareada.

La propietaria de la casa era una señora mayor, de pelo y ojos grises. La dejó jugar con un cachorro de perro que se llamaba Canela, porque su pelo era de color marrón, muy brillante. Aún no tenía dientes, sólo unas puntitas blancas muy suaves con las que no podía morder. Tampoco sabía ladrar, y cuando se cansaba de jugar y correr por todo el patio, se sentaba sobre sus patas traseras y gemía.

La señora le trajo helado y la observó con una sonrisa amable y las manos enlazadas sobre el regazo.

—¿Te gusta el helado? —le preguntó.

—Sí.

—Mi casa es bonita, ¿verdad?

—Sí.

—¿Qué te gusta más, mi casa o Canela?

Alicia se encogió de hombros.

—Yo no he tenido hijos, ¿sabes? Me habría gustado tener una hija como tú. ¿Te gustaría quedarte a vivir conmigo?

—Sí —contestó sin pensar.

Luego se avergonzó, porque la señora sonrió abiertamente y preguntó a su madre:

—¿Has oído, Pilar?

—Cosas de niños —contestó su madre desde la cocina.

De regreso a casa, las calles de su barrio le parecieron sucias y tristes. También le pareció triste su madre. Le habría gustado preguntarle por qué estaba triste, pero le dio mucha vergüenza y no se atrevió.

Pose de atleta

Carlos estaba fuerte como un toro. Cada mañana hacía pesas en un gimnasio durante dos horas, y después, sin descanso, corría varios kilómetros por El Retiro.

Un-dos, un-dos, todo esfuerzo le parecía poco. Le gustaba sudar y sentir dolor muscular en las piernas, como si le ardieran. Cuando algún día, por una obligación o un compromiso, no podía hacer deporte, sufría la sensación de haber perdido el tiempo, de haber arrojado otro día a la papelera.

Le gustaba encontrar a la muchacha del libro sentada en el banco. Casi siempre ocupaba el mismo banco. Al llegar corriendo a su altura, frente a la rosaleda, alargaba la zancada y espaciaba la respiración. No importaba lo cansado que estuviera. Aunque nunca lo comprobó, le gustaba pensar que ella levantaba los ojos del libro y lo miraba correr con su mejor pose de atleta.

Así transcurrieron los meses; ella leía, mientras que él pasaba por delante corriendo.

Hasta que un día no la encontró. «Qué raro —se dijo—, a lo mejor mañana». Pero al día siguiente tampoco apareció, ni al otro... De todos modos, cuando pasaba a la altura del banco vacío, alargaba la zancada y espaciaba la respiración, en parte por costumbre, en parte porque imaginaba que la muchacha no estaba muy lejos y que quizá le observaba.

Pasó el tiempo y la olvidó.

Ella volvió al cabo de varios meses. Una señora mayor la empujaba en una silla de ruedas. La colocó junto al banco, frente a la rosaleda. Tenía un libro sobre las rodillas, cubiertas con una manta, y buscaba con la mirada alrededor. Él descuidó su pose de atleta. Sus miradas se cruzaron. A él le gustaron los ojos claros de la muchacha.

Aquella noche, antes de quedarse profundamente dormido, Carlos lloró. Y a la mañana siguiente ya había tomado una determinación: en adelante, haría otro recorrido por el parque.

Mirada profunda

Traje y corbata oscuros, bigote, complexión normal, cuarenta años, un diario deportivo plegado bajo el brazo. Jaime entró en la boca de metro de Atocha alrededor de las seis y media de la mañana, como de costumbre.

Incomodidad en el asiento. Intentó desdoblar el periódico, pero no era posible sin molestar a los viajeros de su derecha y de su izquierda. Se conformó con leer el texto de la portada.

Sintió que unos ojos le observaban. Alzó la cabeza. En la fila de asientos de enfrente, un muchacho apartó la mirada. Le calculó veinticinco años; jersey de lana, bocadillo y pieza de fruta envueltos en bolsa de plástico. Regresó al periódico y volvió a sentir que los ojos le observaban. Alzó otra vez la cabeza y esta vez el muchacho sostuvo su mirada. Se miraron fijamente durante varios segundos, hasta que el otro, llevándose la mano a la boca y carraspeando, desvió los ojos. «El viejo truco de la tos», pensó Jaime.

El muchacho se apeó en Gran Vía y su asiento fue ocupado por una chica. Falda corta, rodillas bonitas, pantorrillas demasiado gruesas. Jaime miró a su alrededor. Observó con atención a los demás viajeros, uno por uno, meticulosamente, y sólo encontró caras apáticas y soñolientas.

En Tribunal, un hombre grueso ocupó un asiento en la fila de enfrente. A Jaime le molestaron su sonrisa complaciente y su cazadora de cuero. Lo miró atentamente y esperó a que sus ojos se cruzaran. No tardó en ocurrir. El otro le miró sin perder la expresión risueña, sin parpadear, y Jaime se sintió profundamente irritado. Bilbao, Iglesia... Los ojos le ardían. Notaba una lágrima crecer y crecer bajo el párpado, pero el de la cazadora de cuero no perdía la sonrisa.

El metro se detuvo de nuevo. Fue entonces cuando el otro, sin dejar de mirarle, comenzó a hacer muecas con los labios y, sonriendo, se puso en pie. Las puertas se abrieron. Miró a Jaime de la cabeza a los pies lentamente, regresó de nuevo a sus ojos, amplió la sonrisa, saludó con una inclinación de la cabeza y se marchó.

Jaime se sintió confundido y estúpido. Miró afuera y descubrió que estaba en Cuatro Caminos, su estación. Deseó saltar del asiento, pero se reprimió; se levantó aparentando tranquilidad y sólo alcanzó la puerta cuando ésta se cerraba.

Llegaría tarde al trabajo. En la siguiente estación debería cambiar de sentido para regresar.

Permaneció de pie, impaciente pero impasible, de cara a la puerta. Y sintió que todos, absolutamente todos los viajeros del vagón, clavaban los ojos en su espalda.

La dama de las nieves

Enrique recordaba una ilustración en color. Un balcón lleno de plantas y de flores y enfrente otro balcón también lleno de plantas y de flores.

Había dormitado. El respaldo era duro. Con los brazos cruzados sobre el pecho (cada mano en el interior de la manga contraria de la cazadora) había dejado caer la cabeza buscando el hombro de la persona que había a su lado, pero la cabeza siguió cayendo y entonces abrió los ojos y vio que estaba solo en el banco.

Se había sentido débil y nervioso; cada vez más débil, también más nervioso. Deambuló, tropezó con algunas caras conocidas y les preguntó por cierta persona. Luego se dirigió al parque en busca de una dosis, pero no la había encontrado y tenía mucho frío. Primero miles de hormigas subiendo por sus piernas y después nada más que frío.

El niño del cuento pertenecía al balcón lleno de plantas y de flores, pero en la otra ilustración estaba en medio de una sala inmensa de hielo, en el suelo, jugando con unas piezas que también eran de hielo.

Se llamaba Kai y con él había una mujer de blanco, muy bella, que le miraba sin parpadear.

Enrique echó a andar y después de un rato se sentó en el escalón de entrada de un comercio cerrado. No podía retener su pierna derecha, que resbalaba y quedaba extendida sobre la acera. La gente pasaba por delante de él y algunos saltaban por encima de su pierna. El respaldo era duro. Dejó caer la cabeza a un lado, muy despacio, y encontró la superficie de mármol.

Habían pasado tantos años, que Kai ya no sentía frío. No recordaba el balcón lleno de flores ni a la niña que le había son reído desde el otro balcón lleno de plantas y de flores.

Y eran todo su mundo las piezas de hielo con las que jugaba en el suelo en medio de la inmensa sala también de hielo, bajo la atenta mirada de la mujer de blanco.

Edición local

Al salir a la calle, Francisco vio que del corro de curiosos formado ante su portal, un joven se adelantaba para tomar una fotografía.

Se sentía confundido. Ya no le quedaba nada de la tensión que había ido acumulando en los últimos años. Recordaba discusiones con su mujer por el color de una corbata, por cuánto azúcar había que añadir al café, por el modelo de zapatos, por el corte de pelo y la colonia, alusiones a defectos, a propósitos frustrados, a debilidades, reproches por un pequeño retraso, por el olvido de una fecha, por una palabra no cumplida...

«¿No decías que este año cambiaríamos de televisor?»

«No salgas a la calle con esa camisa».

«Tus compañeros de trabajo se ríen de ti».

Francisco observaba esos recuerdos con distancia, como si fueran los recuerdos de otra persona.

Se casó cuando tan sólo tenía veinte años. Por entonces ya no estaba enamorado de su mujer, a la que conocía desde los quince, pero ella mostraba tanta necesidad de él que no fue capaz de abandonarla. Se lo propuso a menudo, pero delante de ella su determinación se derrumbaba;

temía herirla y, en lugar de decirle «ya no te quiero», terminaba por hacerle demostraciones de cariño.

«No me gusta que leas en la cama».

Recordaba la noche en que, tras retrasarse varias horas con unos compañeros, al volver a casa descubrió que su mujer había denunciado su desaparición a la policía; y recordaba vivamente su propia irritación al saberse buscado por otras personas sin ningún motivo.

«Mi marido siempre viene directamente del trabajo».

Durante los primeros años la contradecía, se rebelaba contra sus caprichos y sus opiniones; con el tiempo, empezó a evitar cualquier discusión, pero manteniendo sus criterios, y al final acabó por hacer lo que ella quería.

«No comas tan deprisa».

Ahora se preguntaba a sí mismo por qué no se atrevían a interrumpir una relación que a ninguno de los dos hacía feliz.

También se preguntaba por qué no había sido capaz de discutir y de imponer sus opiniones.

Se vio a sí mismo como un hombre estúpido, que en lugar de abandonar a su mujer, cometía un delito que no le iba a dar la libertad deseada.

La mañana siguiente, el periódico reproducía la fotografía de un hombre de unos cincuenta años, traje gris y pequeñas gafas redondas, aspecto respetable, que salía de su casa acompañado de dos policías tras haber asesinado a su mujer. La foto era algo borrosa. Los que se encontraban presentes cuando fue arrestado, decían que sonreía bajo el ala del sombrero.

La Marquesa

Las diez y cinco de la noche.

Encarna seguía tras el mostrador de la panadería, la única tienda aún abierta en el barrio, con los brazos cruzados sobre el pecho, la espalda muy recta y la barbilla alzada. Con cara de fastidio miraba alternativamente la calle y su reloj de pulsera. De vez en cuando veía la sombra alargada que precedía a un peatón, luego oía sus pisadas o sus conversaciones, pero los peatones siempre pasaban de largo.

Su establecimiento permanecía abierto, incluso sábados y domingos, hasta la diez de la noche. La tarde había sido muy mala, tan mala que ni siquiera había recaudado el mínimo necesario para cubrir gastos. A veces miraba el cajón donde estaba el dinero, como si esperara encontrar un nuevo billete, pero continuaba igual que la vez anterior: cuatro billetes de diez, un paquete con veinte monedas de euro, y céntimos sueltos, muchos céntimos. Se había prometido a sí misma que atendería a un solo cliente más y que echaría el cierre, pero habían ido pasando los minutos y el cliente no se presentaba. Miraba el reloj, miraba la calle, miraba el cajón.

En el barrio la llamaban la Marquesa porque no daba los buenos días y porque los miraba a todos por encima del hombro.

Encarna había esperado de la vida algo más que estar tras el mostrador de una panadería. Cuando eran novios, su futuro marido apuntaba muy alto, estaba empleado en una gran empresa, tenía una buena recomendación y era cuestión de tiempo que fuera ascendiendo puestos, pero la empresa quebró y su marido, que ahora trabajaba de obrero en una fábrica, ya sólo pensaba en echarse la siesta por las tardes y ver el fútbol los miércoles y los domingos. Se acordaba de cuando era una recién casada y todavía cantaba coplas por la ventana mientras tendía la ropa. Aún tenía frescas en la memoria las letras de algunas canciones; sin embargo, ya no descubría en sus melodías la alegría ni la ilusión de entonces, sino una amargura y un desencanto que le hacían pensar que no había sido más que una ingenua boba.

El único cliente de la noche se presentó pasadas las diez y cuarto. Se trataba de una chiquilla del vecindario.

—Hola. Quería una barra de pan.

—Son cincuenta céntimos —dijo Encarna poniendo la barra en el mostrador.

La niña le entregó una moneda de euro y Encarna, con decisión, le devolvió tan sólo seis monedas de cinco céntimos. La niña cogió la barra de pan y, sin comprobar el cambio, se marchó.

Encarna hizo paquetitos con las monedas que había acumulado en el cajón y guardó todo el dinero en una bolsa, que metió en un bolsillo de su abrigo. Fuera comenzó a llover y ella no había traído paraguas. Hoy tenía un regusto amargo en la garganta, como si pudiera llorar, no sabía por qué. Apagó la luz, echó el cierre y, con los hombros encogidos, caminó a pasos cortitos, muy deprisa, por la acera.

Un dibujo a carboncillo

En las dos últimas semanas, Lucía sólo ha salido una vez a la calle. Dio un paseo por los alrededores y regresó un poco más triste que antes de salir; le pareció que todo era feo, impersonal y absurdo e intuyó que un paisaje sólo cobra sentido cuando el que lo observa tiene energía.

En otra ocasión, una noche, se levantó de la cama y puso la lavadora. Esperó con impaciencia a que terminara sentada delante del aparato y luego tendió la ropa. Comenzó a llover y la recogió; después escampó y volvió a tenderla; pero en seguida comenzó a llover otra vez y entonces la dejó donde estaba y se metió de nuevo en la cama.

Se desprecia a sí misma porque es demasiado tímida. A veces piensa que es la persona que más sufre en el mundo y, en esos momentos, cuando alguien sonríe, no lo atribuye a la alegría, sino a la hipocresía. El sufrimiento es egoísta y ella sabe mejor que nadie lo que sufre una persona tímida: no haces lo que quieres hacer, no dices lo que quieres decir...

Ha ido al aseo y ha abierto los grifos del agua caliente y del agua fría para llenar la bañera. Recuerda un dibujo. Le gusta aquel dibujo a carboncillo: una bañera, agua caliente y vapor, la sangre brotando despacio de la herida y diluyéndose en el agua.

Ha buscado un objeto cortante por la casa y todo lo que ha encontrado son varios cuchillos de sierra y uno de carnicero. Le hace gracia pensar que alguien se corte las venas con un cuchillo tan grande, pero no se ha reído.

Vuelve al aseo y se mira en el espejo.

Sabe que se pone muy guapa cuando llora.

Esta noche irá a la discoteca, aunque no está segura de que todavía le gusten las discotecas.

Nada

No, él no estaba loco. Tenía el pelo desgreñado, y la barba, larga y sucia; llevaba una manta echada a los hombros y las suelas de sus zapatos estaban gastadas por el uso. Había pasado un mes bebiendo agua y masticando hojas, sin hablar con nadie. Había alcanzado una verdad que nadie más conocía y ahora quería compartirla.

Una multitud se apeó de un metro en algún lugar del subsuelo, caminó en torrente por un largo pasillo y luego comenzó a dispersarse por el andén, en espera de otro metro. Pero él no hablaría a la multitud, sino a la mujer que regresaba de la compra con el carrito vacío, al niño que escapaba del colegio, al oficinista insomne, a la alumna de colegio de pago que odiaba usar falda, al vendedor de periódicos que no leía periódicos, al poeta funcionario, al amante de los pájaros que fabricaba pesticidas, al militar pacifista y al hombre pacífico que no recordaba sus sueños, a cada uno de ellos...

Él también estuvo en un círculo vicioso, hasta que descubrió que en un círculo vicioso el fin son sus márgenes.

No eran felices y buscaban un sentido a sus vidas. Algunos se agarraban a una fe en la que realmente no creían como un náufrago a un salvavidas. ¿No conocían la parábola del ateo? Le preguntaron a un ateo qué sentido tenía su vida, y él respondió que no tenía sentido; entonces, si con la muerte finalizaba todo, le preguntaron, ¿cuál sería su último pensamiento? No supo qué contestar e imaginó su propia muerte, imaginó que agonizaba en la cama y que no podía hablar, su voz se había roto, y empleó sus últimas fuerzas en escribir una sencilla idea: «Pero la Tierra sigue girando». Luego, en su sueño, estaba tan próximo a la muerte, que cuando quiso matizar su pensamiento, mejorar la redacción de la idea, no encontró fuerzas y perdió poco a poco la conciencia... Y entonces recordó que estaba vivo, despierto y consciente, y se sintió enormemente feliz, porque acaba de descubrir el más importante secreto:

«¡La fuerza creadora!» voceó.

Se preguntaba de qué les serviría el más allá si no podrían tocar ni ser tocados, no se secarían lágrimas que no existen y cuando miraran hacia sus piernas no verían nada.

«¡Na-da!»

¿Es que era el más allá un consuelo? Él no proporcionaría consuelo, no prometía necedades.

Había pasado un mes bebiendo agua, masticando hojas, había descubierto una verdad y quería compartirla. Hablando, recorrió el andén de un extremo a otro, luego volvió sobre sus pasos. Se detuvo a mitad de camino y acompañó sus palabras con movimientos de los brazos. Cuando los levantó por encima de la cabeza, la manta cayó al suelo y quedó al descubierto su torso desnudo lleno de rasguños y hematomas. A su alrededor, en el andén, la gente ya se había apartado dejando un amplio hueco.

Pedacitos

A su último amante, Rosa lo conoció en un bingo. Era la primera vez que iba a ese establecimiento y se sentó sola a una mesa. A lo largo de la tarde, él la observó desde otra mesa entre partida y partida. El segundo día, él se sentó a su mesa y ella rechazó la copa que le ofreció. El tercer día aceptó la copa. Y el cuarto día, cuando él cantó bingo, insistió en compartir su suerte con ella.

Se vieron dos tardes por semana durante cuatro meses. Cuando llegaba a la habitación del hotel, él ya la esperaba, y después de un par de horas, era ella siempre la primera en marcharse.

Le sorprendía comprobar que en su memoria se confundían los rasgos físicos, las expresiones y los tonos de voz de sus amantes. Sin embargo, recordaba con claridad sus nombres y los de sus hijos (de sus esposas nunca hablaban), sus profesiones, sus colores y números preferidos, las anécdotas de infancia y juventud que le contaban...

La primera vez que hacía el amor con cada uno de ellos, fingía oponerse, luego fingía ceder y finalmente fingía avergonzarse por su debilidad. Aquellos hombres necesitaban sentirse bien; para sentirse bien, era preciso que vencieran una resistencia; y ella hacía que se sintieran bien.

Les decía que su marido no lograba complacerla. Lo cierto es que ella y su marido dejaron de hacer el amor poco después del nacimiento de su único hijo. Él no la deseaba y ella le agradecía su actitud, porque tampoco ella lo deseaba a él.

Cuando los abrazaba, los acariciaba y gemía, estaba engañándolos a ellos y engañándose a sí misma, porque no sentía nada; pero notaba que a ellos les gustaba creer que proporcionaban, en un sofá de hotel, el placer que su marido no le proporcionaba en su cama de matrimonio.

A su último amante, igual que a todos los demás, lo abandonó en cuanto advirtió falta de interés, una excusa falsa o ligero cansancio.

Cada vez que se deshacía de un amante, Rosa tenía la dolorosa sensación de que con él dejaba otro pedacito de sí misma.

Un taxista

De pronto, su mujer le dijo:

—¿Qué te ocurre? ¡Llevas horas removiendo el café!

No esperaba aquella interpelación, así que se mostró confundido. Él, su mujer y sus hijos pasaban el puente en el bungaló de sus suegros, que en ese momento se encontraban con ellos en el salón. Es cierto que llevaba rato removiendo el café, mirando la espiral que la cucharilla formaba en la superficie. ¿Qué podía responder? «Nada —se disculpó—. Esta noche he dormido mal y tengo sueño».

Se ofreció para ir en coche hasta el pueblo más cercano, un pequeño pueblo que aborrecía, para comprar el pan; pero cuan do se vio finalmente a solas, decidió desviarse hacia la costa, dejó el vehículo en el aparcamiento del puerto deportivo, solitario en invierno, y dio un paseo por la playa. Miró largo rato las olas, luego se descalzó y caminó por la arena húmeda con los zapatos en la mano y al final se animó a darse un baño. Bañarse en invierno era quizá una locura, el agua estaba demasiado fría, pero en aquel momento le pareció lo más interesante que había hecho en semanas, si no meses.

Dejó la ropa en la orilla y nadó mar adentro. Se sintió fuerte. Recordó cuando tenía veinte años y apostaba con sus amigos a que era capaz de meterse el puño cerrado en la boca.

Hacía tiempo que no tenía amigos como aquéllos y que no intentaba meterse el puño en la boca. Trabajaba de taxista en Madrid. A diario llevaba clientes de un lado para otro durante ocho, diez, doce horas, y los fines de semana hacía de taxista para su mujer, sus hijos y sus suegros. Así es como se sentía con su familia: como un chófer, alguien a quien se contrata para que te lleve de un lado para otro, con la diferencia de que además era él quien pagaba el importe del trayecto. Trabajaba demasiado, por las noches el más pequeño lloraba y él no podía pegar ojo, la casa donde vivían era diminuta, y la mensualidad, muy alta... Se sentía atado, atado por la responsabilidad de mantener a su mujer y a sus hijos, por el trabajo, por la hipoteca, por amistades que ya sólo eran de compromiso, y también por todos los demás compromisos, los contraídos con sus padres, con sus compañeros de trabajo, con sus vecinos...

A veces soñaba con tirarlo todo por la ventana.

Había nadado centenares de metros con todas sus fuerzas, con rabia, y cuando se detuvo y miró alrededor, ya estaba muy lejos de la playa. No hacía pie. Los músculos de sus hombros se habían entumecido, le dolían, y de repente una corriente de agua helada pasó entre sus piernas.

Se asustó y comenzó a nadar rápidamente de vuelta a la playa. Pero cada vez estaba más cansado y tenía la sensación de que no avanzaba. Durante unos minutos, se sintió desesperado; pensó que podría morir allí, tan lejos de todo, tan lejos de sí mismo.

Cuando por fin alcanzó la orilla, se dejó caer exhausto en la arena. Descansó un buen rato, hasta que hubo recuperado el aliento, y luego recogió la ropa y anduvo con torpeza, mareado, hasta el coche.

Camino de casa, pensó confusamente que ni en el peor momento, cuando se creyó a punto de morir, había recordado a su familia. Sonrió al decidir que nadie, nunca, sabría nada de lo sucedido. Ése sería su secreto. Y sonrió aún más al darse cuenta de que no había comprado el pan, de que ya eran más de las dos de la tarde y de que en aquel maldito pueblo todas las tiendas estaban cerradas.

Dignidad

Luis estacionó la furgoneta en doble fila, descargó las dos bolsas del pedido y, antes de entrar en el portal, comprobó que la dirección coincidía con la que le habían dado en el supermercado.

Lo que le sentaba peor que una patada en el estómago era aquella ridícula bata. ¡Y el lema! En la espalda decía: «COMPRE EN DONGUSTO. MÁS BARATO, MÁS BUENO». ¿Acaso el dueño ignoraba que no se decía «más bueno», sino «mejor»? ¿O sí podía decirse? Pensó dejar la bata en la furgoneta, pero al fin decidió que era más prudente llevarla puesta, no ocurriera que por una de esas puñeteras casualidades lo viera alguien de la empresa.

Era su primer día de trabajo y también su primer pedido. Nunca antes había trabajado. ¡Lo que había que tragar para conseguir un poco de dinero! Porque él, Luis, nunca dudaba en definirse como una persona de mucho talento. Quería ser director de cine, y mientras esperaba el día en que comenzarían a caerle ofertas de las productoras, mataba el tiempo estudiando la carrera de Imagen y Sonido. Eso sí, que no pensaran que le iban a cargar como a una mula. Y que no le faltaran al respeto. Si algo valoraba era, precisamente, la dignidad. Por nada del mundo la perdería, ¡faltaría más!

Llamó a la puerta y, golpeteando el suelo con la suela del zapato, aguardó con impaciencia a que le respondieran. Finalmente abrió una chica, muy mona, que sin saludar voceó hacia el interior:

—¡Mamá, el mozo del supermercado!

Le dolió aquello: «El mozo del supermercado».

—¡Que pase las bolsas a la cocina! —gritó la madre.

Pasó las bolsas a la cocina, le firmaron el recibo y se encaminó a la salida.

—Espera un momento —le dijo la señora hurgando en su monedero.

En un gesto mecánico, sonrojado, Luis extendió el brazo. Sin querer, sonrió y dijo «Gracias». Después sintió la moneda en la palma de la mano.

El final

Tras alcanzar la cima, comenzó a pedalear al límite de sus fuerzas y se dejó caer a toda velocidad por la cuesta. Por fin había llegado a una carretera en la que el tráfico de coches era escaso. Tan escaso, que desde hacía varios kilómetros no se había cruzado con ningún vehículo.

Estaba harto de dar vueltas en bicicleta por el parque. Es lo que había hecho con sus amigos durante los dos últimos años; pero las competiciones de obstáculos y de equilibrio ya habían dejado de interesarle. Lo aburrían. Y además se avergonzaba de sus juegos cuando había delante chicas, que cuchicheaban en grupo y se pasaban cigarrillos a escondidas.

Sus amigos le acompañaron por las calles del barrio, pero al abandonarlo y tomar una avenida, el grupo se había reducido a la mitad. Otros se detuvieron al pasar junto a un enorme descampado. Y cuando mucho después dejó atrás los últimos edificios de la ciudad, miró a su espalda y vio que estaba solo.

Cruzó una urbanización de casas bajas rodeadas de verjas, donde la carretera se estrechaba, y luego, en un cruce, se decidió por el lado en que ésta se introducía haciendo eses entre plantaciones de cereales.

Desde hacía ya mucho rato, la carretera no discurría entre cultivos, sino por montes casi pelados, cubiertos sólo por unas plantas enanas y secas, subiendo y bajando. El sol pegaba fuer te y se escuchaban cigarras. A veces parecía que no existiera otra cosa que el sol cegador y el estruendo de las cigarras. Pedaleaba cada vez más despacio con la vista puesta en la rueda delantera, en la corta línea por la que parecía estar pegada al asfalto.

A lo lejos, al final de una larga recta, distinguió un punto blanco. El punto se fue haciendo más y más grande y cobró la forma de un campanario. Luego, tras un repecho, surgió el resto de la iglesia. Su tejado se había venido abajo y los muros estaban cubiertos de pintadas descoloridas.

Allí finalizaba la carretera. El asfalto se iba cubriendo de arena y desaparecía entre unos rastrojos, al borde de un barranco. Dejó la bicicleta, se asomó y vio el fondo lleno de grandes cantidades de basura y escombros.

Se rió de sí mismo cuando recordó que algún adulto, en cierta ocasión, le explicó que los caminos no tenían fin; se estrechaban y ensanchaban, se dividían, y a veces llegaban a puertos; pero tampoco entonces terminaban, porque los barcos seguían rutas, que eran como caminos, sólo que no se veían.

Habían querido tomarle el pelo. Aquella carretera terminaba allí, él había llegado hasta el final, y aquel paisaje era, con mucho, el más feo que había visto nunca.

El mono mecánico habla conmigo

Ahora que todo había pasado, Juan pensó que la culpa había sido del mono.

Él seguía sentado con los ojos cerrados (no quería ver, no quería escuchar, apretaba los labios), pero casi todo el sofá lo ocupaba el cadáver de Clara, que tenía ambas manos entre las piernas, como si quisiera taparse el sexo. Cuánta luz entraba por los ventanales. Toda la luz, todo el ruido de la calle inundaba la sala. Los cláxones de los coches, voces de gentes. Y la retahíla del mono: ¡Eh, tú! ¡Dónde vas! Hola, ¿cómo te llamas? Ven aquí... ¿Quieres ser mi amigo? Habla conmigo... Estaba en una jaula de metacrilato, delante del bar, a un lado de la plaza. Llevaba allí ni sabía cuántos años. Juan había sido, dos décadas atrás, uno de los niños que lo visitaban. El mono callaba cuando se introducía la moneda por la ranura y mientras el huevo de chocolate hacía su recorrido hasta caer en la bandeja, luego reemprendía su charla incesante. Habla conmigo...

Hubo un momento en que los ojos de Clara, acuosos y ya enrojecidos, atravesados por una red de venitas, le habían recordado a los ojos de cristal del mono. ¿Quieres ser mi amigo? Pero el freno se había roto antes. Él era un buen amante y ocurrió que, como debía pensar en otra cosa sin dejar de mover las caderas, como tenía que mitigar su deseo, al descentrarse había escuchado al mono. ¡Eh, tú! ¡Dónde vas!

Era un buen amante. A veces creía haber llegado a ser un hombre casi perfecto. Había aprendido a hacerlo todo bien y a callar sus sentimientos. También era correcto cuando estaba cansado y no podía decirlo porque estro pearía la imagen que lo demás tenían de él. No era él quien les importaba, sino esa imagen jovial, sana, segura, que tenían de él. Me estás haciendo daño, dijo Clara. No era la primera vez que lo decía, lo había repetido varias veces, pero sí la primera que Juan lo escuchaba. Hundió con fuerza el miembro en su vagina, y ella repitió, más alto, me estás haciendo daño.

Hola, ¿cómo te llamas?

La hubiera abofeteado si no la tuviera cogida por las muñecas, que retenía por encima de su cabeza, contra el sofá. Habla conmigo... Ya había ocurrido otras veces, y Juan ya conocía esa historia, estaba harto: ella gemía y comenzaba a llorar. Y ella sabía que él se detendría; su erección se mitigaba y, finalmente, se retiraba. Diría lo siento, o palabras parecidas, luego la abrazaría con un simulacro de ternura. Me estabas haciendo daño. Lo siento, perdóname. Y un beso en los labios.

Qué estúpido se sentía allí, consolándola. Luego ella se levantaba y se dirigía al aseo, y a la vuelta le pedía que se marchara, que tenía que recoger todo antes de que llegara su marido.

Sin embargo, esta vez ella repetía me estás haciendo daño, tan bajo que él casi no podía oírla, y pronunciaba su nombre, Juan, me estás... Y él seguía apretando con ambas manos la garganta de Clara; tan fuerte que ya le dolían los dedos; aún más fuerte, más fuerte, más fuerte...

Cuántas casas y cuántos puentes soñaron construir estas manos con las que ahora te ahogo.

Ven aquí. ¿Quieres ser mi amigo? Habla conmigo.

Habla conmigo.

Habla conmigo.

Habla conmigo...

La sonrisa del mimo

Víctor, el mimo del periódico en la mano, permanece de pie en su cajón como una estatua en su pedestal. En el suelo, un maletín abierto donde se van depositando las monedas. Clin, clan. Viste frac negro y porta un sombrero de copa también negro, y el maquillaje de su cara forma una máscara blanca y espesa. Sobre los párpados, una estrella azul; y sobre su boca, unos enormes labios rojos y sonrientes, cuyas comisuras se prolongan hasta las orejas.

Cada varios minutos, Víctor cambia de posición. Y de vez en cuando, si alguna persona se le pone a mano, la golpea con el periódico en la cabeza. Ploc. Luego, según la reacción del afectado, el mimo disimula y frunce los labios como si silbara, las manos cogidas a la espalda. O finge arrepentimiento, con los brazos en cruz como un Cristo y la cabeza inclinada sobre el pecho. O se parte literalmente de risa, llevándose las manos al vientre y flexionando el tronco adelante y atrás, mientras emite un sonido hueco y abdominal que parece una sonora carcajada.

Hace tres años que Víctor ejerce de mimo callejero. Al principio el negocio le iba mal. Le desesperaba pasar cuatro, seis, a veces hasta ocho horas de pie y recaudar a cambio el dinero justo para comer. Comenzó a sentir rabia contra las personas que acababan de gastar demasiado dinero en los grandes almacenes y no tenían un solo gesto amable, ni un solo rasgo de generosidad con un mimo que intentaba poner una nota de color en sus vidas. Algunos ni siquiera le miraban. O le miraban por encima del hombro. Rabia. Rabia y desprecio. Hasta que un día siguió su instinto de dar un golpecito en la cabeza con un periódico a uno de aquellos egoístas mezquinos. La mujer se volvió consternada, la gente detuvo el paso y se congregó alrededor, hubo risas... las monedas comenzaron a caer. Clin, clan.

Cuando el público se amontona en exceso, Víctor se inmoviliza y espera a que se disuelva. Cuando decrece, golpea a algún despistado en la cabeza. Qué paradoja: cuanto más desprecio siente, más dinero gana.

Cada noche a eso de las nueve, cuando los comercios van echando el cierre y apagan las luces, Víctor baja del cajón, recoge los bártulos y entra en el bar. En el servicio, al limpiarse la máscara de maquillaje ante el espejo, descubre un rostro sudoroso y fatigado y una mirada de piedra. Clin, clan. Cada vez es mayor la distancia que separa la dureza de sus ojos y de su boca seca, de la alegría festiva de las estrellas azules y la gran sonrisa roja.

Camila junto a la cancela

Que Camila haya esperado a Pedro cinco horas junto a la cancela del hotel no debería ser motivo de risa. Ni que sea martes y vista el elegante traje con el que asistió a la última boda, pasado de moda. Ni que, en la casa donde trabaja de interna, haya puesto la falsa disculpa de tener que recoger en el aeropuerto a unos parientes de Colombia.

A saber qué gracia tiene que caigan cuatro gotas y, a falta de paraguas, se cubra la cabeza con el bolso, o que haya preguntado en recepción por un tal Pedro, residente en Barcelona, y que en el listado de alojados no aparezca ningún Pedro de Barcelona.

Cuando anoche Pedro le dijo que se llamaba Pedro y que era de Barcelona y que se alojaba en ese hotel, quizá mentía. Pero cuando, haciendo el amor, susurró que la quería, decía la verdad. Ella sabe de esas cosas.

Camila ha hecho lo que debía, que era esperar.

Luego se ha marchado, caminando altiva.

Cartas

Desde hace algunos meses el abuelo ha perdido definitivamente la cabeza. Ya había dado muestras de senilidad en los últimos años: pasaba las noches recorriendo el pasillo de un extremo a otro, desvelado, olvidaba el nombre de la abuela, de su hijo, de sus nietos, dónde había dejado las gafas, qué había hecho aquel mismo día por la mañana.

Una tarde, de vuelta de un paseo, se confundió de autobús y vagó por la ciudad durante horas, sin poder recordar su dirección. Ahora lleva su nombre completo y el de la calle grabados en una esclava, en la muñeca, y las gafas al cuello, colgadas de un cordel. Ni siquiera reconoce a la abuela, su mujer. Una vez afirmó alarmado que esa que dormía a su lado era otra persona. Desde entonces ambos ocupan cuartos distintos, mientras que los dos nietos comparten con estrecheces la misma habitación.

Dicen los médicos que presenta un brote de esquizofrenia y que ha perdido la memoria, sobre todo la que afecta a los recuerdos del pasado lejano, pero que conserva un saludable corazón. Su cerebro desmemoriado gobierna un corazón robusto.

Regresó una mañana de la calle con una pequeña caja de caudales y una llavecita insertada en la esclava. Nadie sabe de dónde las ha sacado y él no permite que nadie acceda a la caja. Desde entonces, el abuelo permanece en su cuarto por las noches con la luz encendida, revisando el legajo de viejas cartas que la caja contiene. Cada noche, con las gafas puestas y la nariz a un palmo de la mesa, relee minuciosamente el montón de cartas, que no recuerda haber leído ya la noche anterior.

Todas las cartas están encabezadas por la expresión «Querido Propka» y las firma «Kliuch», y los sobres fueron remitidos mensualmente durante cincuenta años, a través del Atlántico, desde un apartado postal de Ciudad de México a un apartado postal de Madrid.

Kliuch le cuenta a Propka que trabaja de oficinista, luego que ha encontrado un puesto de camarera en un hotel, y más tarde que imparte clases de francés a domicilio. Le expresa su emoción por el poema que Propka adjuntó en su último envío, se conduele por la muerte de su segundo hijo, y en otra carta le pide que no cometa la tontería de abandonar a su esposa, que ella no desearía recuperarlo a costa del naufragio de su familia. Kliuch también ha formado una familia, su marido es comerciante, pero éste morirá de cáncer, y la vida sigue y su hijo mayor obtiene la licenciatura en Economía. Y Kliuch aún le habla a Propka de ese maravilloso fin de semana en que volvieron a verse y que pasaron juntos en París, diez años atrás, y de las fotos que conserva entre papel seda en su mesita.

Al amanecer, el abuelo guarda bajo llave las cartas, en la caja de caudales. Las lee cada noche y volverá a olvidarlas a lo largo del día. Pero durante unos breves minutos, antes de que se borren otra vez de su memoria, da vueltas en su cabeza a las últimas frases de Kliuch, unas frases que le conmueven y que le intrigan, que por un instante le iluminan:

«Querido Propka: hace ya tres meses que no recibo cartas tuyas. ¿Estás bien? ¿Te ha ocurrido algo? Contéstame, por favor. Soy demasiado vieja para soportarlo. ¿Acaso te has olvidado de Kliuch?»

Nunca llegarás a nada

—¡Nunca llegarás a nada! —le ha gritado su madre. Y Laura ha salido de la casa y ha corrido escaleras arriba, a la azotea.

Había estado sentada en el sofá viendo la tele, mientras que su madre limpiaba la casa como todos los sábados por la mañana: en bata y con el pelo recogido en un pañuelo, yendo de acá para allá con la aspiradora, el cubo y la fregona. El aire corriendo entre las puertas abiertas, las mantas tendidas en las ventanas...

—¿Qué haces que no te pones a estudiar?

Y en la radio, una vieja canción de Los Panchos, de los tiempos de su abuela.

—¡Ayer tarde tampoco estudiaste! ¡Y el lunes tienes que entregar los deberes! ¡Ve a tu cuarto!

A menudo Laura piensa que su madre no la quiere. Nunca apoya nada de lo que hace: si dibuja en su cuaderno, porque debería estudiar; si salta a la comba con sus amigas, porque debería tener puesta otra ropa; si quiere ver la tele, porque ya debería estar en la cama...

Siente como si esa frase retumbara en la escalera, persiguiéndola: «¡Nunca llegarás a nada!»

Pero así, tumbada boca arriba en las baldosas de la azotea, con los párpados muy prietos y los dedos en los oídos, ya no ve nada ni oye nada. Podría viajar donde quisiera. Puede imaginarse tumbada al sol en grandes piedras pulidas. Abajo, a sus pies, el profundo cañón cavado por el río. El aire agita las hojas de los altos chopos, que crepitan, y por entre las rocas del cañón tienen sus nidos y graznan los grajos...

El pitido más fuerte y prolongado de un claxon la arranca de su sueño y Laura abre los ojos. «Nunca llegarás a nada». Tiene ganas de llorar. Esto ya lo conoce: la azotea con ropa tendida a secar y viejos electrodomésticos; abajo, la calle atestada de coches; al otro lado y todo alrededor, otro edificio y otra calle, y más edificios y más calles, y muchos más... hasta donde alcanza su mirada.

Ahora

A los cinco minutos de haberse sentado en las gradas del estadio de fútbol, Sonia se descalzó y se quitó disimuladamente las medias. Había acudido con su prima, socia del Real Madrid, pero en el tumulto de la entrada se habían separado. Eso carecía de importancia. Era maravilloso encontrarse allí con casi cien mil personas en una tarde soleada, contemplando las evoluciones de los jugadores en el terreno, las líneas blancas sobre el verde, la geometría perfecta.

Sólo la insistencia de su prima había conseguido llevarla. En los dos últimos años, Sonia no salió de casa nada más que para dirigirse al hospital. Pruebas y más pruebas en el pabellón de oncología. Tenía veintiún años, aunque se sentía con dos menos. O veinte más. Dos menos porque para ella fueron dos años de los que no había gozado, veinte más porque aprendió de la vida y de sí misma lo que muchos no aprenden ni en veinte años. Pero todo había pasado. Había ganado peso y ya tenía diez dedos de pelo, el mismo cabello de siempre, más rojo si cabe.

Lo último que Sonia escuchó, en el minuto cuarenta, fue el fuerte golpe de la bota contra el balón de cuero.

El delantero falló el remate. Se había elevado a casi dos metros de altura, colocándose paralelo al terreno, y golpeó a tijera la pelota, que rozó el larguero.

Sonia tuvo la sensación de haber vivido antes ese momento. Lo habría soñado: veía al público a su alrededor abriendo la boca y agitando banderas y pañuelos, pero no oía sus gritos. Una nube había tapado el sol. Los jugadores corrían absurdamente por el campo. Sólo el sonido de su propia respiración, el latido de su corazón en el pecho, despacio, intenso.

Había experimentado lo mismo antes, en varias ocasiones. La vida es una luz que se apaga y se enciende. A veces luce y sabes adónde dirigirte, pese a los obstáculos y dificultades. Otras se apaga y te quedas sola, tanteando en la oscuridad. En este momento, se había mitigado. Como una moneda puesta de canto, que puede caer de cualquier lado.

La decisión estaba en su mano.

Ahora.

Ahora, se repitió.

Se abrió paso entre el gentío, descalza, y descendió las escaleras. Buscó un paso entre las vallas que delimitaban el campo. Por el camino, se desabrochó la blusa y la falda. Se quitó las bragas y las dejó caer al suelo. Un policía la vio, asombrado, pero Sonia ya tenía un pie en el césped.

Entonces corrió desnuda hacia el centro. El aire acariciaba su pelo, sus hombros, su vientre, sus piernas. Comenzó por oír un rumor, luego distinguió los gritos y los silbidos.

Y la luz volvió a brillar.

La garrota

Felipe no se trata con sus compañeros de la residencia de ancianos. Cuan do cae la tarde, con la fresca, abandona el recinto y da un paseo a solas por el vecino polígono industrial.

Camina despacito, casi arrastrando las alpargatas, y en la mano lleva una garrota muy gorda.

La garrota no la utiliza para andar, sino como arma de defensa personal. Ha llegado el momento de decir que Felipe odia a los perros. Los odia con toda su alma. Y también hay que decir que los perros le corresponden con la misma moneda. Porque cuando pasa junto a las vallas de las fábricas, nunca falta un perro con cara de pocos amigos que se lance contra él, clave el morro entre dos barrotes y le gruña con los ojos inyectados en sangre y un espumarajo blanco desbordando sus fauces. Claro que para eso tiene Felipe la garrota: a la voz de «¡Chucho asqueroso!», le suelta un garrotazo en el hocico y prosigue su camino, indiferente a los ladridos furiosos del animal, como si tal cosa.

Aunque para «chucho asqueroso», piensa Felipe, el que se ha encontrado esta tarde. Un perrillo negro de dos palmos de altura que alguien ha abandonado en un descampado. Un perrillo escuálido, cojo de una pata y acostumbrado a recibir golpes. Basta con ver su cabeza gacha y las heridas de las orejas, que dan pena. Camina diez metros por delante de Felipe y cada tanto vuelve la cabeza para vigilar atemorizado sus pasos.

Ya no sabe Felipe cuántas chinas le ha lanzado al perro, que no se da por aludido. Se aleja al trotecillo otra decena de metros, y luego se detiene de nuevo para esperarlo. Felipe lo ha perdido de vista tras una esquina, pero al rebasarla, ha mirado a su espalda y allí está el perro esperándole, las orejas caídas, el hocico rozando sumiso la tierra.

«¡Chucho!», le grita Felipe blandiendo la garrota, pero el perro no se inmuta.

Que Felipe odie a los perros no implica que no tenga su corazoncito. Por supuesto que lo tiene.

«Ven aquí, chucho, ven», le dice agachándose y extendiendo la palma abierta de una mano, mientras que la otra, la que sostiene la garrota, la retiene a su espalda. «Ven, chucho».

El perrillo, ahora, retrocede con desconfianza. Duda un instante y después se acerca despacio, cojeando, hasta la mano que Felipe le ofrece. «Buen chucho...», le saluda. Le acaricia bajo el hocico, y en el lomo, y el perro se tiende y se vuelve patas arriba y se gira y le lame la mano... Está contento el perrillo, a gusto y confiado. Ni siquiera cuando Felipe le muestra la garrota con la otra mano parece alarmarse. Se queda quieto y le mira con sus ojillos tristes, paralizado. No ladra ni gime, tampoco cuando Felipe descarga con fuerza la garrota sobre su cabeza una, dos, tres veces, con tres golpes decididos y recios.

El animalito tiene la cabeza aplastada, y su único reflejo, durante unos pocos segundos, es el movimiento compulsivo de una pata trasera, rígida como un palo. Felipe ya ha reemprendido el camino, aunque tardará algún tiempo en olvidar la mirada de lástima del perrillo. Una mirada que, al recordarla, le pone a Felipe un nudo en la garganta.

La garrota tiene restos de sangre y algún pelo. Hoy no lleva pañuelos de papel consigo. De vuelta en su cuarto, piensa Felipe, tendrá que limpiarla.

El beso

Nuria está muy débil y es Jorge quien la sostiene. Ahora están sentados en un banco y se besan. Sería más exacto decir que Jorge la besa, y su beso parece un boca a boca profundo y prolongado. Llevan allí una hora, desde que a las seis de la mañana se abrió el metro y el vigilante los expulsó. Diez minutos tardaron en recorrer abrazados los trescientos metros que separan la plaza de Lavapiés de la Ronda de Atocha. Esta noche ha helado, los parabrisas y los capós de los coches están cubiertos por una capa de escarcha. Aún no ha amanecido, pero Jorge cree ver el resplandor del alba en torno a la cúpula de la estación de tren. Cuando el sol rompa y salga, allí seguirán sentados frente a él: mientras se dibuja sobre los tejados y derrama su pálida luz por la glorieta.

Los dedos de Nuria son largos y huesudos. Entre el índice y el medio, la quemadura de un cigarro. Sus manos están frías, pero ella ya no siente el frío. Ha apoyado la cabeza en el hombro de Jorge y se deja besar, ha escondido las manos bajo su jersey, ha cerrado los párpados.

Jorge, agotado, nota una serpiente helada que se cuela por su cuello y le recorre todo el cuerpo. Eso es bueno, sentir frío y hambre y cansancio: si tienes energías para sentir, también las tienes para desear, para volver a levantarte, para luchar. Aún no han desayunado y anoche no cenaron. Con el euro que les dio una señora, compraron un cartón de vino rosado. Lo bebieron a morro y en sus estómagos prendió como una hoguera.

Nuria, con un último esfuerzo, intenta abrazarse a él, apenas si le muerde en los labios. Jorge imagina los ojos verdes de Nuria, una sonrisa, y la sombra oscura de la persiana de tablillas sobre las sábanas blancas de un hotel. Despacio, despega los párpados y la mira. Es justo el momento en que los labios morados de Nuria se separan de los suyos; ella afloja los brazos, ladea la cabeza y cierra los ojos; exhala un suspiro... y duerme.

Agua y jabón

Aquella noche no se duchó una vez, sino dos. Se sentía sucia después de cada actuación; a su piel se habían adherido los ojos, el aliento y las manos de los espectadores.

A la salida del estudio de televisión, un jovenzuelo se había acercado a la ventanilla del taxi para exclamar: «¡Ni siquiera tienes voz! ¿Con cuántos te has acostado para subir, princesa?»

Siempre había algún imbécil dispuesto a recordarle lo que ella ya sabía. Subió la ventanilla y le repitió al taxista su dirección. Desde luego, acostarse con hombres con quienes no deseaba hacerlo fue a veces desagradable, pero ¿hubiera servido de algo explicarle que hacerlo con hombres que no la deseaban a ella podía llegar a ser peor?

—No haga caso —le comentó el taxista por el camino—. Esas críticas sólo esconden envidia por el éxito.

No estaba de acuerdo, no del todo, pero no contestó. Una no podía quedarse con los aplausos y rechazar los pateos. Todo estaba en el contrato y se entregaba en el mismo lote: las flores y las llamadas obscenas de madrugada, los regalos y las amenazas, los halagos y los insultos. Cuando cantaba o interpretaba un playback, siempre encontraba en la primera fila dos ojos que sonreían. Había más verdad e inteligencia en esa mirada irónica que en los aplausos de cien autómatas que se sumaban a los aplausos de los demás, que obedecían la orden de un regidor.

¿Qué era el éxito? El producto de exigir planos de tu perfil izquierdo, que es el mejor; y de rodearte de un buen coro que tape las deficiencias de tu voz. Había que ser muy joven y muy inocente, creer todavía en la sociedad, para disfrutar del éxito. Como las niñas adornadas con la corona de la belleza o las colegialas seleccionadas por el olfato oportunista de un productor.

Ella no fue tocada por el dedo de la fortuna, su camino había sido el del sufrimiento. Cuando alguien sufre mucho en la vida, se convierte en un sinvergüenza o en un santo. Santos de verdad habría pocos, retirados en sus cuevas. Ella no conocía ninguno. Algo parecido a la santidad, pensaba, una santidad de segunda clase, alcanzaban aquellos que, pese a intentarlo, no habían tenido éxito siquiera siendo sinvergüenzas, o que no lo habían sido lo suficiente como para tener éxito. Éstos renegaban ahora de aquello por lo que habían luchado sin conseguirlo. Escupían sobre la impostura, escupían sobre sus viejos sueños, sobre sí mismos.

Después de abandonar la ducha la primera vez, seguía sintiéndose sucia. Regresó a la ducha y se frotó otra vez con la esponja, más fuerte, hasta enrojecerse la piel.

Conocía, en fin, otro tipo de sinvergüenza. Eran tan sinvergüenzas que habían logrado el éxito haciéndose pasar por santos.

El hombre más poderoso del mundo

El hombre más poderoso del mundo no preside ningún partido político ni controla ningún oligopolio. No es accionista de ningún banco. Sus propiedades se reducen a un hatillo de ropa vieja, un cepillo de dientes y una pastilla de jabón.

Pasa las mañanas y las tardes a la entrada de una agencia ministerial, sentado en los escalones junto a un pañuelo extendido en el que reposan algunas monedas. Por las noches duerme en los aledaños de la Puerta de Alcalá, en un paso subterráneo.

Cuando se echa a dormir, cubierto hasta el pecho por una manta, sus ojos tropiezan en la pared con una pintada ya lavada por la humedad y por el tiempo. La pintada advierte: «La energía que no crea es una energía que destruye».

No lo ha escrito él, ni siquiera existe tal pintada en la pared, pero el hombre más poderoso del mundo la ve muy bien y sabe lo que significa. Algunas noches, sus ojos abiertos proyectan películas violentas en el blanco del techo. Siente un hueco en el estómago, las palpitaciones aceleradas y un sudor frío en el cuello. Si quisiera, el hombre más poderoso del mundo podría asesinar al presidente con sus propias manos, o enfajarse el abdomen con bombas caseras para lanzarse contra un depósito de gas. Si quisiera, podría cobrarse cada noche una vida humana, podría incluso borrar la vida de la Tierra, provocando una explosión nuclear.

Sus sueños llegan a ser tan crueles, que algunas madrugadas, arrepentido y desesperado, se echa a llorar, se pone en pie y arremete a puñetazos contra la pared, o se recuesta en ella y la golpea, una y otra vez, con la parte posterior de la cabeza.

De vez en cuando, el hombre más poderoso del mundo se corta con cristales las palmas de las manos o apaga en ellas cigarrillos encendidos. Porque hay ocasiones en que al contemplar las palmas de sus manos, tan marcadas por el tiempo, con una línea de la vida tan larga y tan profunda, grita asustado de su propio poder, de un poder tan violento, de un poder inmenso.

Fruta podrida

A sus cincuenta años, Luisa la mujerona, la exuberante Luisa, aún consigue, cuando camina por el centro del paseo, que los hombres vuelvan la cabeza para mirarla.

Tanta generosidad de la naturaleza bien merece un aplauso, o que se haga el silencio y durante un instante se paralice la circulación de la avenida. Porque la mañana de este sábado, Luisa, el cesto de mimbre colgado del brazo, no falta a su cita con el mercadillo de flores y frutas. Ahí va Luisa sobre sus zapatos de tacón alto, la frondosa cabellera rubia recogida en un inmenso moño, la cintura y los muslos ceñidos por un vestidito rojo, el escote impidiendo a duras penas que las tetonas salten al sol.

Si estuvieran de moda los sombreros, algunos levantarían el sombrero a su paso, y si no estuviera mal visto lanzar piropos, alguno aullaría como un lobo.

A la entrada del mercadillo, Luisa compra una docena de claveles blancos a una gitana y los echa en el cesto, y luego se hunde entre el gentío que se agolpa ante los puestos. Luisa compra melocotones, ciruelas, albaricoques, naranjas, peras de agua, manzanas rojas...

La verdad es que a Luisa no le gusta la fruta. Pero goza abriéndose paso hasta los tenderetes, palpando los melocotones a la sombra, escogiendo los más jugosos, las peras más frescas.

De vuelta en casa, la casa donde vive sola, Luisa pone los claveles en una botella y la fruta en una bandeja, en el centro de la mesa, en el salón. Las flores se marchitarán, y las frutas, intactas, madurarán a lo largo de la semana. Casi estarán podridas el próximo sábado, cuando Luisa, como todos los sábados por la mañana, vuelva al mercadillo con su cesto de mimbre al brazo, el vestidito ciñéndole el cuerpo, dispuesta una vez más a despertar por el camino nuestros silbidos y nuestros piropos, nuestros aplausos.

¿Tú cómo hubieras reaccionado?

Había ido de compras con su marido y su hijo mayor. De regreso en el portal, el nuevo conserje se ofreció para ayudarla y, al acercarse para coger sus bolsas, deslizó en su oído: «Estos hombres de ahora no valen nada. Si necesita un jinete experto con un buen rabo, aquí estoy yo». Ángela había oído perfectamente bien, pero ni aun así se lo creía. Su marido y su hijo, cargados con más bolsas, ya habían alcanzado el ascensor, al otro extremo del vestíbulo. La esperaban dentro con la puerta abierta, la miraban.

El conserje le había parecido hasta entonces una persona normal, puede que demasiado recto. Tenía cincuenta y tantos años, era calvo, tirando a alto, robusto, quizá guapo. Vestía traje azul oscuro y llevaba el nudo de la corbata muy apretado contra el cuello de la camisa.

Después de todo, lo que más la confundía era que se hubiera atrevido encontrándose tan cerca su marido y su hijo. Estaba segura de que, caso de hallarse a solas, le hubiera respondido: ¿Quién se ha creído usted que es? ¿Conoce el significado de la palabra «educación»? Le hubiera llamado «Cerdo», «Sinvergüenza», «Imbécil»... no sabía, sin acritud, como una mera definición... Si ahondaba en sus sentimientos, admitía que no conseguía despreciar a aquel hombre. Ya había pasado una semana desde aquel encuentro y lo único que sentía era confusión. Desde entonces, había vuelto a verlo varias veces, casi a diario, y él la desarmaba con un correcto «Buenos días, señora» o «Que descanse, señora».

¿Tú cómo habrías reaccionado?, pensó en preguntarle a su mejor amiga. Sin embargo, cuando por fin se citó con Carmen en una cafetería, no sintió la necesidad de contarle lo ocurrido.

La verdad es que amigas, en el sentido estricto de la palabra «amistad», Ángela ya no tenía. Aquellas amigas de la juventud con las que lo compartía todo. Una había fallecido, otra se había mudado demasiado lejos, las demás se habían perdido, transformadas por los años.

Era de madrugada y Ángela se hallaba sentada en el sofá frente al televisor encendido, pero no lo miraba. Su marido y sus hijos estaban acostados. Si esto le hubiera ocurrido a los quince años, para ella habría sido un escándalo, como un jarro de agua fría sobre los prejuicios de la adolescencia. A los veinte, otro chiste que compartir con las amigas. A los treinta, estaba segura, aquel hombre se habría llevado una bofetada. Pero ahora tenía más de cuarenta y cinco, casi cincuenta, y no sabía qué pensar.

Estiró las piernas y colocó los pies descalzos encima de la mesita de té. Sentía que estaba cruzando una frontera. Y sabía lo que dejaba atrás, pero apenas empezaba a intuir lo que iba a encontrarse delante.

Aviones de papel

Al despertar esta mañana, Eugenio ha comprobado que ha engordado tanto que ya no puede incorporarse. Para salir de la cama ha girado sobre sí mismo, y al bajar las piernas ha pisado el cenicero, desparramando las colillas por la alfombra.

«Tengo que dejar de fumar», concluye divertido.

Antes pesaba ochenta kilos, pero después de un año sin empleo comenzó a engordar. El tope de la báscula era de ciento treinta, y hace meses que se escacharró. Comer y dormir, tumbarse en el sofá, ver la televisión, discutir con su mujer, dormir, comer. Un día quiso vestirse y salir a la calle. En las perneras del pantalón se le atascaban las rodillas, y al doblar el brazo que consiguió embutir, reventó la manga de la camisa. Ahora casi no abandona su habitación. Desde hace varias semanas, su mujer le deja la comida a la puerta en un carrito. Cuando él la termina, vuelve a dejar el carrito fuera. Al principio se rebeló contra esta propuesta, que consolidaba la ruptura con su familia. «Soy humano», pensó dejar escrito en una nota, pero no deseaba avergonzarlos.

Prevé que dentro de unos cuatro meses no cabrá de frente por la puerta, y otros cuatro después tampoco de lado. Entretanto, le ha tomado afición a hacer aviones de papel, aviones con forma de punta de flecha, con hojas arrancadas del listín telefónico. Escribe frases en las alas, palabras, cosas que se le ocurren.

Lanza uno desde el balcón y lo sigue con la mirada. Se dirige en línea recta hacia la fachada de enfrente, pero antes de alcanzarla, gira y retorna. Describiendo amplias elipses en espiral, lentamente desciende los catorce pisos. Los hombres hormiga se afanan y entrecruzan por la acera. Sería perfecto que aterrizara pausadamente en ella, pero ha tropezado allá abajo con el hombro de un señor, que se vuelve y se agacha para recogerlo del suelo. Mira arriba, hacia el cielo, y no ve nada.

Desde un ángulo del balcón, Eugenio lo sigue con la mirada, lo pierde, vuelve a encontrarlo. Es aquel señor diminuto que al paso, sin detenerse, ha arrojado su avión en una papelera.

Medio siglo de abstracción

Justo hora y quince minutos para el cierre.

Él no discute que descender trescientos metros por un pozo en una jaula y perforar piedras en turnos de seis horas sea más duro que ejercer de vigilante del museo, sentado en un taburete en una esquina de la sala. Como será más duro pescar atunes en el Gran Sol, recolectar café en las sierras colombianas o jugarse la vida combatiendo a los malos en Río de Janeiro.

Pero, dentro de treinta años, él no podrá sentar a su nieto en las rodillas para contarle con tono de héroe replicante: «He visto cosas que tus ojos no creerían. He visto arder naves más allá del archipiélago de las Canarias, derrumbarse galerías en una mina de carbón, helicópteros tirotear aldeas de campesinos, a policías corruptos hacerse pasar por valedores de la paz y la justicia».

En su lugar, intentaría explicarle que en los meses que trabajó como vigilante del museo luchó denodadamente contra el hastío y el sueño. Su nieto escaparía de sus rodillas, asustado por la charla de un abuelo tan aburrido.

Si no encontraba otro empleo, renovaría el contrato. La próxima vez se inventaría el currículum. Es cierto que estudió Ciencias de la Información y se licenció con buenas notas. Pero además «conoce sofisticadas herramientas informáticas. Chapurrea cuatro idiomas. También asistió con aprovechamiento a un curso de socorrista: allí conoció a su ex».

«Observen la foto —reclamaría—, su expresión sumisa, bovina, conformista. Ha cumplido treinta años y carece de compromisos sentimentales. No tiene novia (ni novio), y con sus padres sólo coincide en el almuerzo de los domingos. Es libre. Como el sol cuando amanece, como el mar, como la telefonía móvil digital».

También mentiría un poco, que le gustan el fútbol y las películas de terror y no desdeña un buen concurso de la tele. Añadiría una posdata: «Está preparado para trabajar y callar. Sin problemas. Sin pensar».

Esto último acabaría convenciendo al más desconfiado jefe de personal.

Tranquilo. Una hora y catorce minutos. Tranquilo.

Dios, qué ganas tenía de bostezar.

14 de abril del 53

Ordenando su armario, Raimundo encontró un álbum de fotos de su estancia en Tetuán, donde cumplió el servicio militar. Fotos de la jura de bandera, posando con su novia ante la fachada de la cafetería Valladolid, cantando con sus compañeros alrededor de una mesa, sosteniendo en alto un porrón de vino. Entre ellas, había una de un muchacho de Badajoz, su mejor compañero. Constaba una fecha en el reverso, 14 de abril del 53. No lo había vuelto a ver desde entonces y ahora no recordaba su nombre.

«¡Cuarenta y siete años!», calculó asombrado, consciente ahora de todos los meses, de todas las semanas, de todos los minutos que había quemado en cuarenta y siete años.

Quizá uno empezaba a envejecer cuando miraba al pasado con nostalgia, pero cuando ya no le importaba el futuro, sino sólo el pasado, era definitiva, irreversiblemente, un viejo. No valían paliativos ni eufemismos. La expresión «mayor» era imprecisa, relativa (mayor que qué), «anciano» otorgaba un barniz venerable, y «antiguo», si no se entonaba con ironía, proporcionaba un aire intemporal, como el de las ruinas de la Acrópolis, propio de las cosas que han vencido al tiempo. Él era solamente un viejo, como el par de zapatos que gastas y arrojas a la basura cuando dejan de servirte.

¿Dónde se hallaría ahora este muchacho? ¿Habría fallecido? ¿Cuándo, cómo? ¿Vivía aún alguien que pudiera llorarlo o simplemente recordarlo?

Todo lo que tenía Raimundo en la mano era la foto de un hombre sin nombre. Llevaba la gorra echada hacia atrás, descubriendo la amplia frente, y la camisa del uniforme desabotonada hasta el estómago. Sonreía con un cigarrillo en los labios y el pantalón le quedaba holgado. No era muy alto. Delante, con ambas manos, mantenía desplegada una pequeña bandera republicana. Raimundo quiso reír. Por aquella bandera, aquel muchacho podía haber sido juzgado y condenado. ¿No estaban todos ya condenados?

¿Cómo se llamaba? Por más que lo intentaba, no lograba recordar su nombre. De él sólo quedaba aquella foto con las esquinas quemadas, el cielo blanco, nada de color.

El brazo de María

Imagina que conoces a una persona exactamente igual que tú pero a la que le falta un brazo. Eso le ocurrió a María una tarde en el metro. Frente a ella tomó asiento una muchacha con casi sus mismos ojos grandes y negros, su mismo pelo, sus mismos labios carnosos. La otra la miraba a ella con alegría: sonreía y tenía un hermoso brillo en los ojos. María la observaba indecisa entre el asombro y la incomodidad; su mirada, no podía evitarlo, se desviaba hacia ese brazo que faltaba.

Hasta entonces, María había sido indolente. Podía dormir diez horas diarias y demorarse otras dos en la cama, matar las tardes sentada en el sofá frente al televisor o preparar los exámenes en quince minutos. En adelante, ya nada sería igual, pensó. María nunca podría borrar de su memoria la expresión jovial de la otra, cuando volvieran a amenazarla el cansancio y la pereza, cuando en la lucha del trabajo sintiera deseos de abandonar, cuando la acosaran el temor y la tristeza.

Hace quince años de aquello. María sigue durmiendo demasiado, la han despedido de diez empleos por no cumplir con el horario y la vajilla sucia se amontona en el fregadero.

Pero acertó. En el fondo, ya nada es igual.

Piensa a diario en su brazo, siquiera unos segundos, pero todos los días. Una vez soñó que ella misma se lo cortaba con un cuchillo, despacio y con esmero, como quien poda un injerto, y no sintió dolor.

La tarde más hermosa

Es tarde de domingo, muere el verano, y no encuentra motivos para sentirse satisfecho. Hoy cumple treinta años, y si estar en el paro y haber gastado en una botella de vino sus últimos cinco euros no bastaran para explicarlo, aún podría añadir el hecho de que Ana, su mujer, piensa pedirle el divorcio.

Lo sabe por el diario. Cada mañana, cuando ella parte hacia el trabajo, él fuerza con un imperdible la cerradura del escritorio y lee las anotaciones de la noche anterior. Todas las noches durante un mes, Ana ha concluido con frases parecidas: «¿Cómo decírselo? No quiero hacerle daño.»

Aún debe quedar, después de tanto tiempo, una brizna de cariño, piensa, pero qué triste que su confianza haya mermado hasta el extremo de espiar su diario.

Han comido en la terraza. Ana ha preparado pollo al ajillo con patatas fritas y él, durante unos segundos, ha pensado en la breve vida de las gallinas. En sus escasos meses de existencia, permanecen inmovilizadas en cajones del tamaño de un folio, con las uñas y el pico cortados, sin plumas a causa del estrés, poniendo huevos en unos fugaces días y noches artificiales, comiendo un monótono pienso enriquecido con algas. Los pollos llevan una vida similar, no les hacen falta ni las uñas ni las plumas... También a él se le está cayendo el pelo. Cada tanto aparta con dos dedos otro pelo otoñal de su vientre, un vientre cada vez más abultado.

Corren los peores tiempos, concluye, nunca han sido tan malos para él, pero hace una hermosa tarde de domingo. Después de comer, Ana ha salido de paseo con sus amigas, o eso ha dicho, y él ha degustado a solas el último sorbo de vino y un pésimo café amargo. Y la radio runrunea, las pilas están a punto de agotársele, y suena una canción que habla de un barrio pobre y un ramo de flores que no llega a su destino, que alguien abandona en el rellano de una escalera. El sol asoma tras una nube blanca, roza sus párpados cerrados, y qué extraño que esta tarde se acerque tanto a su idea de lo que debe ser una tarde muy hermosa, porque mientras hace la digestión del pollo, el vino y las patatas, desearía que este momento no se borrara nunca de su mente, que fluyera tan suavemente como hasta ahora, hasta que muera la canción, hasta sus últimas notas, desearía no olvidar nunca este instante, los colores desvaídos del mantel a cuadros, el sol en los párpados, las sobras de los platos y las flores abandonadas de la canción, y desearía que el sabor de esta tarde tan hermosa, en los futuros momentos amargos, dentro de un año o de cinco o de diez, regresara para endulzar de nuevo su paladar, y que siempre pueda recuperarlo, una vez más, de su memoria.

Tus ojos reflejan mi horizonte

Más de tres semanas empleó ZEPO en pintar los cincuenta metros cuadrados del mural. Después de la medianoche, la cabeza embutida en un pasamontañas, llegaba con la escalera, los botes de pintura y una linterna y trabajaba durante tres o cuatro horas. Pintó las ondas del mar salpicadas de sombras de peces y de aves, y el cielo y las nubes, cruzadas por la estela de un avión a reacción. Sobre la línea del horizonte, un sol oscuro con un centro aún más oscuro, como una gran pupila. Y al pie del mural, la frase «Tus ojos reflejan mi horizonte».

Era un corto callejón de paso. Sin comercios, sin escaparates, sin letreros luminosos. Antes todos lo recorrían rápido, apretando el paso. Ahora, volvían la cabeza, algunos se detenían. Opinaban: «Es bonito» o «Qué porquería». Que opinasen lo que quisieran, pensaba ZEPO, que lo alabasen o que lo desdeñasen con un «Bah» dicho por lo bajo; pero que lo miraran.

Lo que ZEPO había creado en veinticinco madrugadas, un empleado municipal, provisto de un líquido a presión y un cepillo, lo borró en quince minutos, reloj en mano y con prisa, porque ya casi era hora de fichar.

Pero la rabia de ZEPO, primero, y luego su abatimiento duraron sin reloj un minuto, o poco más. Ante la fachada de cemento desnuda, sabía que volvería a pintar el mural. Lo veía: las sombras de los peces, más suaves; las de las aves, más nítidas; más profundo el azul del mar; el cielo, radiante; más vigorosa la estela del avión; y la pupila del sol más oscura, negra. Al pie escribiría un lema mejor: «Tu mirada es mi horizonte».

El Expresotapicero

Si hacía buen tiempo, Estefanía debía pasearse en coche por el barrio con la megafonía conectada. La grabación anunciaba: «¡El Expresotapicero! ¡Sillas... butacas.... descalzadoras...! ¡Recogida y entrega a domicilio!»

El Expresotapicero lo componían doce empleados, todos ellos jóvenes de entre veinte y treinta años, discapacitados psíquicos. Sólo ella había obtenido un permiso especial de conducir, así que su puesto no se discutía. Pero para decidir quién la acompañaba había, como suele decirse, hostias. Todos querían recorrer las calles, disfrutar del sol, saludar al panadero y al jardinero. A veces sacaban la cinta de El Expresotapicero y en su lugar ponían otras: bakalao, jotas, rock, salsa... Cuando en el local les oían regresar, salían a recibirlos e inundaban la calle con sus batas azules. Si estaban a tono y la música les gustaba, bailaban en la acera.

Luego estaba David, que soportaba mal su ausencia. Se enfurruñaba y se quedaba solo en un rincón del taller.

—¡Escucha, ya vuelve Estefanía! —le avisaban los otros.

Y David acudía a recibirla con los brazos abiertos.

—¡Estefanía, amiga!

Al descender del coche, la abrazaba, se la comía a besos. Mientras ella se dirigía al taller, David le obstaculizaba el paso, la abrazaba por delante, por la espalda, la asaltaba por los lados, la besaba en la frente, en el cuello, en la nariz, en la barbilla, en la boca...

—¡David! —protestaba ella.

Pero David ya no la dejaba en todo el día.

La verdad, sus paseos en coche eran cada vez más breves. Cuando veía a David esperándola en la acera, guardándole el sitio para aparcar, sonreía sin despegar los labios.

Cuando la abrazaba y la besaba, se le encendían las mejillas. No lo rechazaba con energía. Tampoco se apartaba demasiado.

El astronauta

Dentro de algunos años el hombre habrá vencido a la muerte y al tiempo, piensa Daniel. La solución está en el frío. Un pescado puede mantenerse en perfecto estado en el refrigerador durante meses, sometido a temperaturas de —15 grados. Imagínate entonces que se le mantuviera a —20, a —40, a —50 grados...

Ha leído, en una revista científica, el relato de un esquiador que en el siglo XIX fue sepultado por un alud de nieve en Los Alpes. Se lo ha contado a sus padres y a sus amigos, pero no le creen, dicen que es otra de sus fantasías. Era tanto el frío, que el esquiador se congeló antes de morir, y cuando se encontró su cuerpo a finales del siglo XX lo reanimaron. Se sabe poco del caso, pues la zona del hallazgo es un área de entrenamiento de élite y se ha dictado el secreto científico y militar. Un dato sorprendente es que al esquiador le había crecido el pelo durante su larga hibernación, una abundante pelambrera por todo el cuerpo. Es una reacción física perfectamente lógica: el organismo busca un antídoto contra el frío; grasa o pelo o ambas cosas; como las focas y las morsas, como el oso polar y el tigre de Siberia, como el Yeti.

De madrugada, cuando ya todos duermen, Daniel sale de la cama procurando no hacer ruido y abre la ventana de par en par. Nadie en la calle. Los coches, cubiertos de escarcha. El cielo, oscuro e impenetrable. Arroja las sábanas y el edredón al suelo. Luego se quita el pijama, la camiseta y los calzoncillos y se tumba boca arriba en la cama. Permanece quieto, se relaja. Nota el frío, como una funda de hielo seco que le fuera cubriendo todo el cuerpo.

Para vencer al tiempo, debe someterse al frío, acostumbrarse a él. Se le eriza el vello de las piernas y de los brazos, señal inequívoca de que empieza a crecerle el pelo.

De mayor, Daniel será astronauta. Sin traje espacial.

¿Quién es ese hombre?

Anselmo tomó asiento junto a la ventana y pidió un café bien calentito.

—Y sacarina, por favor.

Desde allí disponía de una vista completa de la nave industrial, al otro lado de la carretera. El fuego aún tardaría en propagarse, así que entretanto hojearía tranquilamente el periódico o fingiría que lo hojeaba.

Para qué engañarse: no podía. La cresta de la ola se alcanzaba cuando las llamas crecían y, al alcanzar las ventanas, multiplicaban de pronto su tamaño. Primero el humo asomaba sobre los tejados, luego las llamaradas se dejaban ver en las ventanas. El vecindario, excitado, iba acudiendo y se agolpaba.

Esperaba que así ocurriera también en esta ocasión. No se había tomado tantas molestias para nada. Había introducido una mecha de papel en una lata de pintura y había esparcido los cartones encima de los maderos acumulados en el suelo. También había visto, en una esquina, unos rollos de tela. Que se pudiera controlar el fuego dependía de la primera reacción, de que los bomberos, pavoneándose con sus uniformes tan limpios, llegaran pronto y dirigieran el chorro hacia el punto preciso. Él, por si acaso, los asesoraría:

—Me llamo Anselmo. ¡Estaba en el bar de enfrente y lo he visto todo! ¡Las llamas han comenzado por aquí!

A la excitación del primer momento sucedía la angustia. ¿Serían capaces de apagarlo? Si la respuesta era afirmativa, podía relajarse; si, por el contrario, era negativa, las llamas acababan saltando al campo y a las naves próximas y cundía la alarma.

Pero él no era adivino. Lo que no podía saber era que en la segunda planta se alojaba una pareja de inmigrantes con su hija. El padre se encontraba en el trabajo y la madre había ido a un parque cercano en busca de agua para lavarse. A su regreso, vio el tumulto de gente que cortaba la carretera y echó a correr, gritando desesperada.

Hubo un momento en que Anselmo, al entrar en la nave con un pañuelo en la boca y la nariz e introducirse entre las llamas y el espeso humo, pensó que estaba predestinado a vivir esta situación. Como si su vida no hubiera sido otra cosa que un largo rodeo que le condujera a este destino. Lo último que escuchó, a su espalda, fue una voz: «¿Quién es ese hombre?» Envuelto en llamas y casi a ciegas, levantó al bebé de su colchón. Luego lo dejó caer sobre la lona de los bomberos por la ventana.

Todo era humo, humo y calor. La suerte estaba echada, pensó: mañana los periódicos hablarían del héroe que había dado su vida por el bebé.

Tenía el carné en el bolsillo de la camisa, pero lo imaginó derritiéndose, consumido por el fuego, y al abrir la boca para gritar su propio nombre, sus pulmones se llenaron de un humo abrasador.

Dibujos de vaho en el cristal

Su ojo izquierdo estaba hinchado y amoratado, así que Martina no acudió por la mañana al trabajo. La perdió en casa, mirando a ratos la lluvia por la ventana. Empañó el cristal con el aliento, y al escribir con el dedo índice su inicial, la M le recordó a su amiga Mercedes.

Se habían conocido en la universidad. Durante diez años, ningún motivo fue lo suficiente poderoso para quebrar su amistad; ni el disputarse un novio, ni que Mercedes viviera un largo periodo en una ciudad distante. Se visitaban en vacaciones y, si no podían verse, se carteaban y telefoneaban. Ahora sabía Martina que aquellos encuentros de dos viejas amigas eran un regreso al pasado: una semana al año podía interpretar la alegría de la primera juventud, recrear las conversaciones frívolas hasta la madrugada o volver a darse atracones de tarta. Pero pretender fingir a tiempo completo y fuera del teatro era absurdo. Desde que Mercedes se mudó de vuelta a Madrid, Martina la había evitado. Contestaba con evasivas a las peticiones de su amiga y no se ponía al teléfono, posponía sus citas.

Le irritaba la ingenuidad de Mercedes, tanta inocencia. Creía poder llegar a odiarla, mujercita mimada. ¿Acaso no era ella como todos, no había recibido ningún palo? A Martina le gustaba pensar que el mundo era como el que ella vivía y que todos fingían, como ella. Un golpe te rebela, varios te someten. Sin embargo, debías recibir muchos para transformarte a tu vez en verdugo. Sólo entonces descubrías la verdadera naturaleza del mundo, su olor; pero Mercedes parecía vagar aún por un idílico jardín de rosas.

Martina tuvo una idea que la divirtió. Aunque intuía que la respuesta era «No», se preguntó si su vieja amiga Mercedes, la inocente Mercedes, no se habría convertido ya en verdugo, tanto más eficiente cuanto mejor lo ocultaba.

Por un instante la imaginó esa misma mañana, en ese mismo instante, haciendo, como ella, dibujos de vaho en el cristal.

El Rey de los Calzoncillos

Basta con dejarse caer por cualquier puesto del mercado con las orejas puestas para conocer la historia de Pedro. Propietario de una cadena de tiendas de lencería y motejado en el barrio como el Rey de los Calzoncillos, por consejo de sus abogados convive bajo el mismo techo con Antonia, su mujer, pese a haber roto su relación con ella hace años.

En el mercado puede uno enterarse también de que en la fiesta de inauguración de cada nueva tienda de la cadena, los empleados veteranos intentan darse el lote con las empleadas novatas. Parece ser que las reacias duran poco en la empresa.

Pedro tiene dos hijas gemelas de veinte años, que, por cierto, no faltan a ninguna de estas bacanales. Los empleados veteranos son especialmente atentos con ellas; de otro modo tampoco ellos habrían durado tanto tiempo en la empresa.

La amante de Pedro, Linda, era una antigua dependienta. Ya no trabaja ni acude a las fiestas de inauguración. Vive sola en un apartamento con una cama muy grande y pasa los días pintándose las uñas, ojeando revistas rosas. De familia humilde, muchacha inculta, ahora se pavonea por el barrio con trajes caros, litros de tinte rubio en el pelo y unas oscuras gafas de patillas plateadas. Pedro la obliga a no quitarse del tobillo la pulsera con cascabeles de plata que le regaló.

Ni Linda ni Antonia soportan mirarse a la cara. Frente a su rival, Antonia presume de su origen, de pertenecer a la familia más rica de su pueblo. Aunque por el pescadero, que casualmente es oriundo de la misma aldea, se sabe que siendo aún una niña, Antonia debía ganarse el sustento en las siegas con una hoz en la mano y un pañuelo a la cabeza.

Una vez al año, por Santiago, Pedro invita a cenar a todos sus empleados en un restaurante caro. Se dice que come como un cerdo, eructa y se tira pedos. Que mete mano a Linda por debajo de la mesa, y a veces también por encima de la mesa. Cuando se emborracha, grita «¡Viva Franco!» en homenaje al antiguo dictador, y obliga a que todos le secunden.

Casi todos le secundan: los que se niegan duran poco en la empresa.

Si Pedro hubiera sido emperador de Roma, los historiadores redactarían biografías eruditas, celebrarían congresos y mesas redondas, y su caso sería el tema de ensayos estructuralistas. Como Calígula, como Nerón, como Agripina, pasaría a la historia. Pero es el Rey de los Calzoncillos, así que su historia, su pequeña historia, sólo corre de boca en boca por los puestos del mercado.

A solas en el salón

La claridad de la luna bañaba el busto de bronce, colocado en la peana. Gabriela lo observaba desde la oscuridad del ángulo opuesto, sentada en la butaca con las piernas cruzadas.

Cuando llegó esta noche a casa y lo encontró, como esperaba, cubierto con el pañuelo rojo, se reavivaron sus temores. La noche anterior soñó con una nariz torcida y un anómalo hueco bajo la nuez del cuello. Pero el busto era perfecto y hermoso. El escultor había realizado un buen trabajo. Gabriela lo rodeó. Observó los rasgos suaves de la nariz y las mejillas, y el cuello, que se alzaba airoso. La melena, larga, caía en cascada por delante del hombro y le vestía un seno, mientras que el otro, desnudo, mostraba un pezón firme. El acabado y la expresión transmitían vida y serenidad. Incluso sus orejas reproducían el más delicado detalle. Comprobó que, en efecto, tal como había dispuesto, en la espalda se habían grabado sus iniciales.

Había perdido la noción del tiempo sentada en la butaca. Sonaba el tic-tac cadencioso del reloj de pared, pero cada segundo parecía el mismo, repitiendo un ciclo infinito.

Gabriela sentía una fuerza interna. Este busto simbolizaba un paso seguro. En adelante, debía merecerlo, avanzar hacia sus objetivos, cubrir caminos, quemar etapas.

Sentada a tantos metros de él, deseaba con intensidad levantarse y acercarse al busto, tocarlo con las manos. Lo suponía frío y levemente áspero. Durante la última sesión de pose había experimentado el mismo deseo, cuando las manos del escultor modelaban el molde de arcilla. Como si la modelara a ella. También entonces se había mordido los labios para contenerse. Estaba decidida a no tocarlo nunca. De este modo, su sensualidad se acentuaría y se haría más honda.

Respiró profundamente, despacio. Cuando recibiera visitas, hallaría un pretexto para dejarlas a solas en el salón. Unos minutos. El tiempo necesario para que esos hombres y esas mujeres sucumbieran a la tentación de tocarla: acariciaban su pelo y sus hombros, el pecho desnudo, la frente, los labios; deseaban tomarla de la nuca con una mano y besarla; posar las yemas de los pulgares en el blanco de bronce de sus ojos.

El desagüe

A Braulio le ocurrió que, una noche en el metro, un tipo de unos treinta años, vestido pobremente, sucio y con un brazo escayolado, se sentó frente a él y comenzó a llorar.

Lloraba con un ruido mínimo, pero sus lágrimas eran abundantes. Tenía la cabeza inclinada hacia delante y a veces se cubría el rostro con las manos. Lloró durante quince estaciones, quizá más, sin detenerse ni reducir ni aumentar su intensidad, pasadas las cuales se apeó, alejándose trastabillando por el andén.

Braulio no tenía por costumbre entrometerse ni fisgar en las vidas ajenas, pero, en parte por curiosidad y en parte por simpatía, también bajó en esa estación. Siguió al desconocido por los pasillos del metro y escaleras arriba, y después también por la calle, al menos diez minutos. Para no alcanzarlo, debía aminorar su paso, a veces incluso detenerse. Permitía que se alejara y luego, poco a poco, iba acortando distancias.

A la vuelta de una esquina, el tipo lo esperaba parapetado tras unos cubos de basura. Algo relucía en su mano.

—¿Por qué me sigue? —le preguntó.

Braulio se encogió de hombros. No supo qué contestar. No tenía nada que contestar. Lo había visto llorar y estaba conmovido. A lo mejor podía ayudarle de algún modo. Quizá un poco de dinero, cincuenta, cien euros, lo sacaran de un apuro.

—Tengo... —dijo, y llevó su mano al bolsillo de la chaqueta, donde llevaba la cartera.

El tipo empujó uno de los cubos hacia Braulio y huyó a la carrera. También Braulio, al ver volcarse el cubo contra él, echó a correr, en sentido opuesto.

Cuando llegó a casa, aún estaba sudando. Había pollo frío en la nevera y algo de sopa en el horno microondas, pero prefirió no cenar.

Antes de acostarse, cortó con las tijeras dos billetes de cincuenta en pedacitos diminutos y luego los arrojó al retrete. Tiró de la cadena y observó cómo desaparecían por el desagüe.

Algunos, reacios, seguían flotando. Debió vaciar la cisterna dos, tres, hasta cuatro veces.

Eva se columpia

Eva tiene nueve años, pero no sabe qué expresan sus padres cuando una y otra vez, señalándola, le repiten: «Nueve años». A la pregunta «¿Cuántos años tienes?», Eva ha aprendido a levantar las dos manos y a enseñar los dedos estirados, cruzando un solo pulgar sobre su palma. El año que viene tendrá que aprender a no cruzar el pulgar.

Eva sufrió daños en el cerebro durante su gestación y sabe pocas cosas.

Sólo sabe decir una palabra, «Eva». No sabe lo que significa, pero por el cariño y la alegría con que sus padres la pronuncian, debe ser algo muy hermoso. Eva llama «Eva» a todo lo que le gusta: a los niños guapos, al columpio de su jardín, a las mañanas soleadas y al pequeño almendro del macetón cuando echa flores.

Hace mucho tiempo sus padres instalaron un columpio junto al almendro, y Eva ha aprendido a columpiarse con el paso de los años. Al principio se colocaban a su espalda y la empujaban, pero ahora ya sabe impulsarse sola.

Cuando la bajan del columpio, grita y patalea. Chilla sin interrupción durante minutos.

Eva nunca llora.

Puede pasar horas y horas balanceándose en el columpio. Adelante y atrás. Mañanas enteras.

Cuando avanza, siente un calambre ligero en el vientre, y cuando retrocede, el aire le revuelve el pelo y se lo enmaraña en las orejas y en la cara.

Eva ríe con una alegría loca cuando al columpiarse en las mañanas de sol, subiendo y subiendo y estirando mucho las piernas, está a punto de rozar con las puntas de sus zapatos blancos las flores también blancas del almendro.

Polvo

A las cuatro de la madrugada lo que le gustaría es estar en casa, no trabajando en los grandes almacenes. Tiene sueño, pero no necesita dormir, se conformaría con tenderse en el sofá y relajar las piernas. A veces le pican, le pican mucho. Están cubiertas de varices, sobre todo en los tobillos, a los que parecen enredarse. Encarna tiene cincuenta y tantos años, de los cuales ha pasado más de treinta de pie tras un mostrador. Por eso, ahora prefiere un empleo de limpiadora; puede caminar. Recorre los pasillos arrastrando por delante de ella un cepillo de mango largo envuelto en una bayeta. Camina con paso lento, sin apartar la vista del cepillo, pensando en sus cosas. Ocho horas todas las noches detrás de un cepillo dan de sí para pensar.

De las doce plantas del edificio, contando los sótanos, sólo siente aversión por la planta baja. Otras compañeras la prefieren porque desde ella pueden ver coches, luces, gente que pasa a cualquier hora. Encarna, por el contrario, se siente observada. No sería la primera vez que se girara y viera dos ojos pegados a la luna, curioseando. Por eso procura hacer rápido lo que tenga que hacer. En el cruce de dos pasillos, apoya el cepillo en una columna y va en busca de la escoba y el recogedor. Recoge los montoncitos de polvo y papeles, vacía los ceniceros y las papeleras, y lo arroja todo en una abarrotada bolsa de basura.

Para limpiar bajo los mostradores, debe deslizarlos. Pero hay uno, en la sección de joyería, demasiado pesado. No tiene ruedas, y aunque lo empuja y lo empuja con fuerza, no consigue desplazarlo. Como en las últimas semanas, Encarna decide posponer su limpieza para la noche siguiente. Mañana lo limpiará. Se seca el sudor de la frente con el pañuelo, agarra el cepillo y la bolsa de basura, la escoba y el recogedor, y se dirige al ascensor.

Ya tiene un pie dentro cuando duda y se vuelve. Mira el mostrador. Otras dos veces repite el mismo gesto: vuelve la cabeza y mira; mira de reojo un mostrador que por momentos aumenta de tamaño en su conciencia, que cada vez esconde más polvo en sus bajos.

Suspirando, Encarna desanda el camino. El ascensor se cierra a sus espaldas. Luego empuja el mostrador apoyando en él su espalda, con todo el peso de su cuerpo. El chirrido, agudo, llena la sala, alcanza la calle. Barre el suelo bajo el mostrador y después lo rodea para situarse al otro lado. Empujando con sus brazos y sus rodillas, con las caderas y con los hombros, lo desplaza hasta recolocarlo en su sitio.

Antes de echarse de nuevo a andar, cansina, hacia el ascensor, vuelve a secarse el sudor de la frente. El pañuelo está empapado. Hay muchos maniquíes expuestos en el escaparate. Mujeres delgadas, elegantes, guapísimas. No se ve a nadie en la calle.

Encarna toma el ascensor. Estos ascensores

modernos no hacen el menor ruido ni se tambalean; una podría dormir en ellos. Le viene a la memoria que una hora antes, al pasar junto a la lavandería y ver los enormes canastos de ropa limpia, se imaginó dentro de uno, durmiendo entre montones de mantelería blanca. Ya sabía ella que se le pasaría el sueño. Siempre acaba pasando. Todo acaba pasando.

Niños de luz

Opina Inés que nos encontramos en el umbral de una nueva cultura. El mundo naciente estará preñado de espiritualidad y el género humano obrará milagros que ahora ni siquiera podemos soñar. No hay en ello nada de iluso, insiste: el mundo ha evolucionado de un modo extraordinario y ha puesto a nuestro servicio instrumentos y técnicas que un hombre primitivo tacharía de magia. Sin embargo, la revolución que viene será la del interior, así que los hombres y las mujeres al fin hallarán en sí mismos el principio generador del universo, común a todo y de todo capaz, lo conocerán y aprenderán a dejarse llevar por él.

Ya brota alrededor, pero sólo las inteligencias despiertas lo advierten. Ella ha constatado los últimos días tres nuevos prodigios. El viernes un hombre entregó su vida en un incendio para que un bebé de otra nacionalidad se salvara; el domingo, una virgen se mostró desnuda en un campo de fútbol; y este mismo lunes por la mañana ha visto un avión de papel caer de lo alto para tocar el hombro de un señor.

Nuestras palabras están demasiado gastadas para designar el mundo nuevo. Debe de ser verdad que traerá su propio lenguaje y, por el momento, Inés sólo puede explicárnoslo por medio de metáforas. Aún somos demasiado viejos. Antes de saber, debemos rejuvenecer, recuperar la inocencia original y limpiarnos de nuestras impurezas. Sólo entonces nos reencontraremos con el verbo.

Cuando el mundo nuevo llegue, piensa Inés, y se muestre resplandeciente, ella no tendrá necesidad de sus casas ni de sus joyas y las donará, pero nadie las aceptará, porque nadie querrá asumir una carga tan pesada como inútil. Todas las cosas corpóreas, despojadas de su vanidad material, se desvanecerán ante nuestros ojos. Como el hambre, la sed, las enfermedades...

Los recién nacidos serán de luz, simbólicamente de luz. Imaginemos a un niño con el ano sellado. No precisará comida. Mamará de su madre tan sólo por amor. Luego escupirá la leche sobre las plantas silvestres.

El camaleón desgarrado

Las palomitas, tomadas a puñados directamente de la plancha, recién hechas, sabían mejor que las de bolsa. El paisaje ha cambiado mucho en veinte años. Entonces no existían estos chalés pareados con jardincitos y piscina. Las familias de veraneantes improvisaban campamentos en la costa. Iban levantando sus tiendas con un armazón de hierros y telas. Traían cocinas de butano, borriquetes y tablas, sillas plegables, y dormían en sacos de montaña sobre los colchones. De día la temperatura superaba los cuarenta grados, pero el relente enfriaba las noches. Sólo se disponía de una fuente de agua potable, así que desde primera hora de la mañana iba formándose una cola de gente con bidones y cubos.

No había letrinas. De vez en cuando alguien se apartaba de la playa, se introducía entre los maizales y se ponía en cuclillas con el bañador bajado. El campo estaba sembrado de papel higiénico. Si el que estaba agachado oía que alguien se acercaba, silbaba; el que se acercaba caminaba canturreando, y si oía un silbido, orientaba sus pasos en sentido contrario.

Habitaban cientos de camaleones en los maizales. Había que fijar la vista en las espigas para descubrirlos. Con la cola se prendían de los tallos y a veces la estiraban para ampliar su radio de acción. Eran lentos y pacientes, entre místicos y mundanos: un ojo mirando al cielo, el otro escrutando la tierra. Nubes de moscas acudían a los excrementos, moscas verdes y brillantes, gordas. Si se posaban a su alcance en el maíz, el camaleón las atrapaba con un latigazo de su lengua. Hombres, maizales, moscas y camaleones componían un ecosistema estacional, pero casi perfecto.

La población de camaleones se mantenía estable porque los niños los apresaban. Formaban partidas de cazadores animosos y se adentraban en los maizales gritando. Los agarraban con una mano, con una vara soltaban sus colas y los sumergían en el agua salada, bautizándolos con nombres de personajes populares de la época: Suárez, Juanito, Lola Flores... Los llevaban consigo a las tiendas, jugaban a cambiarlos de lugar y a colocarlos en los hombros y el regazo de los mayores mientras dormían.

Los camaleones imitaban el verde y los ocres. Otros colores y tonos los dejaban indiferentes, desconcertados, tiesos como palos. Pero si se los colocaba sobre algo rojo, morían. Iban palideciendo, las patitas les temblaban, más y más blancos, los ojos vidriosos...

A veces parecía que los camaleones estuvieran a punto de desgarrarse.

La giganta transparente

Después de diez horas cortando verduras, haciendo sofritos, atendiendo el mango de la freidora, soportando temperaturas de más de cincuenta grados, al atardecer Sofía sacó la basura al patio. Se sintió pequeñita entre las paredes desconchadas y sucias, pero entonces vio el cielo allá arriba, las nubes deshilachadas y encendidas, y alzó una mano.

Respiró hondo, el aire tan fresco, como si toda la atmósfera cupiera en su garganta y sus pulmones.

Creció y creció. Los cordones de sus zapatillas estallaron, se abrieron las costuras de su vestido, que cayó como un pañuelo al suelo, y sus bragas reventaron. Pronto su cabeza rebasó la altura del tejadillo, pero siguió creciendo, y asomaba sobre el recinto del hotel y la piscina, y luego tuvo que sacar el pie del patio, para que no se le quedara encajado.

Caminaba despacio, el sol en los hombros, la selva de largo pelo por la cintura; las puntas de los cabellos se le enganchaban en las ramas altas de los árboles de la avenida. Ponía cuidado en no pisar a los peatones ni los coches y había crecido tanto que para tocar las farolas con los dedos tenía que doblar las rodillas. Los pezones se le agrietaban y escocían. Tenía leche para amamantar a toda la ciudad. En sus nalgas se habría podido cultivar jardines y construir escuelas.

Todo el cuidado para no hacer daño a nadie, llena de prodigios y de dones, pero todos seguían con su rutina y nadie parecía percatarse de esta giganta desnuda y transparente.

Sonia

Su pelo negro recogido, como una concha viva y brillante, realza su frente despejada y sus labios rosas. Ahora no importa que sea una pequeña aprendiz de dictadora. ¿Qué daño puede hacer una mujer mimada que ha subido sus pies cansados y blancos al sofá?

Sonia, los párpados cerrados, ha inclinado la nuca sobre el respaldo. Él la mira desde la butaca y siente deseos de encender un cigarrillo, pero a Sonia no le gustan los hombres que fuman.

También siente deseos de decir «qué hermosa eres», pero la música está alta y ella no le oiría.

Mira el pliegue de su falda y sus tobillos y se imagina besando sus pies descalzos. Besa sus dedos y sus tobillos, arrodillado ante ella, introduce la cabeza bajo la falda y lame sus muslos y sus caderas, sus bragas negras, suaves. Desliza sus labios sobre el vestido áspero, su vientre, sus pechos, nota los pezones erectos, duros como pedernal. Al tomarla en brazos y levantarla, ella entreabre los labios; unas gotitas de saliva brillan en sus dientes. Y cuando se inclina para besarla, abre los ojos y la mira y entonces encuentra en la distancia sus ojos claros, que lo miran fríos desde el sofá, la sonrisa borrada y una mano descansando en los pliegues de la falda. Y sabe él entonces, de pronto otra vez sentado en su butaca, pequeño y aburrido, que algún día, un minuto, siquiera un instante, Sonia soñará a su pesar que él se acerca a su sofá y se arrodilla ante ella para besarla entera, poco a poco.

La hierba

Papá y mamá aún vivían juntos y los tres fueron al campo. Años después vio las fotos y supo que aquel recuerdo tuvo lugar en un pueblo de la comarca leonesa del Bierzo.

Regresó un fin de semana. En su memoria no había rastros de un viaje de muchas horas en coche por las viejas carreteras, dormido y traqueteado en los asientos de atrás. Pero sí el olor del cigarrillo de papá, quizá de otro viaje, y una discusión por abrir o cerrar las ventanillas; y luego el olor a pan caliente y el frescor de las casas de piedras centenarias y tejados de pizarra. Nadie a quien decir «aquí estuve». El sentimiento de que un recuerdo que no se comparte es un recuerdo que no camina.

Leche fresca, grandes lecheras de latón en una carretilla por la calle empedrada. El habla extraña de una mujer gruesa de pelo corto y mejillas encendidas; «pra os da cidade é millor a leite condensada». Una leche tan pura que había que mezclarla con agua y ponerla al fuego hasta el primer hervor.

Una habitación de hotel como la de cualquier hotel de cualquier ciudad. Los mismos comercios, las mismas ventanas cerradas, el mismo asfalto, los mismos programas en los televisores de los bares. Servicio de habitaciones hasta medianoche y un hilo musical con melodías de Sinatra sin su voz.

Encontró la callejuela y el arco a trasmano. Al amanecer, las bandadas de pájaros se perseguían chillando y el sol tibio despabilaba a los perros. A cinco minutos a pie había huertos y prados. Un tráiler rodaba pesadamente por la carretera.

Las llaves de su coche en el bolsillo del pantalón.

Un minuto para respirar hondo antes de abandonar el prado.

La pesadumbre de calzar zapatos y vestir traje.

La alegría de contar los años con los dedos de una mano y descubrir la tierra y sentir la hierba tierna en los codos, las rodillas, el oído, los labios.

Un cómic en un banco del parque sin niños

Gustavo encontró un cómic amarillento abandonado en un banco del parque sin niños. Cansado después de dar su vuelta al parque, se había sentado, y al rato reparó en el cómic. Pasó las páginas quebradizas. ¿Había traído las gafas? Buscó en el bolsillo de la camisa y en los bolsillos del pantalón, como si en los bolsillos del pantalón fuera normal llevar las gafas. Cuando se llevó la mano a la frente, cayó en la cuenta de que aún las tenía allí desde el desayuno. «Pero mira que estás chocho», se dijo.

Otro viejo se acercaba caminando. Se ayudaba de un bastón y caminaba despacito. Hizo un alto y, con las manos en los riñones, se estiró. Luego tardó casi un minuto en cruzar los diez metros hasta el banco.

—¿Permiso?

Gustavo, sin una palabra, se hizo a un lado. La historieta se titulaba «El maquinista loco». El maquinista del tren Madrid-Irún perdió la cabeza por el polvo de carbón. En Aranda del Duero tomó una vía muerta, y luego, cuando ésta acabó, giró a la izquierda y siguió el cauce del río Duero. Maniobrando con habilidad superó los desniveles de los Arribes y se introdujo en Portugal. En Oporto se hizo a la mar montando la locomotora sobre las barcazas de vino, mientras que los viajeros, borrachos, dormían en los vagones con las cortinillas echadas.

—¿Qué es? —preguntó el otro viejo.

Tras dos días de travesía, llegaron a una isla del archipiélago de las Azores, donde conectó con un viejo ramal minero. No tanto porque la vía se hallaba en mal estado, cuanto porque se le acabó el carbón, el tren dijo «aquí me quedo» y se detuvo en la boca de la mina.

—¡Bah, una historieta! —dijo el otro viejo por encima de su hombro.

Gustavo se giró, apoyando un codo en el respaldo, dándole la espalda. El maquinista llamó a la nueva tierra Utopía, pero el líder de los viajeros la bautizó Vanesa en homenaje a la mujer que había dejado atrás y a la que, en realidad, no sabía si aún quería.

—Un sacacuartos —masculló el otro, trazando una letra en la arena con la punta del bastón—. A mi nuera ya le digo yo que nada de papeles... Hoy comemos gazpacho.

Aquella disputa por el nombre de la tierra fue la primera de una larga guerra entre utopistas y vanesistas por fundar una constitución democrática o una legitimista.

—El gazpacho está bueno. Tiene mucho alimento —seguía.

Cuando Gustavo le dio el cómic, el otro dejó el bastón a un lado.

—¿Permiso? —preguntó Gustavo poniéndose en pie y señalando el bastón. El otro, sin apartar los ojos del cómic, asintió con la mano.

Gustavo cogió su nuevo bastón y le tocó afectuoso el brazo. Le miró con comprensión:

—Sí —convino—, a mí también me gusta el gazpacho.

—Es... pider... mán —leía entretanto el otro con dificultad—. Un... a... traco... amanoar... mada...

Gustavo decidió dar otra vuelta al parque. Alzó el bastón con un giro de muñeca y se lo puso al hombro. Hoy se sentía como un jovenzuelo de treinta años.

La fuerza de la gravedad

Sólo hay una sensación más grata que sumergirse desnudo en el agua: la de volar desnudo.

Esta noche, Alonso vuelve a tumbarse boca arriba en la cama y se relaja tomándose las pulsaciones, reduciendo sus latidos a menos de cincuenta por minuto. La luz apagada, la ventana abierta. Volar. La barba larga y escarchada, la tripa hinchada y fláccida, pelo cano en los hombros y el pubis, los testículos pequeños, el pene arrugado...

Con los brazos abiertos, vuela sobre los tejados. Los gatos encrespan los lomos a su paso y le maúllan. Hay trastos viejos en las azoteas iluminadas por la luna. Se estira como una flecha en la avenida para aumentar su velocidad y arquea la espalda para ganar altura y superar un rascacielos.

Puede detenerse a voluntad, le basta con adelantar las piernas y recoger los brazos.

Queda suspendido ante una ventana. En la oscuridad, al principio sólo se distinguen unas manecillas luminosas en la mesita; luego, también la silueta de una mujer desnuda en la cama. Parece dormir. El bebé sobre su vientre también parece dormir. Está hecho un ovillo, tiene las piernecitas y los brazos recogidos, la cabeza entre los pechos de su madre y un dedo en la boca. De pronto se sacude y estira una pierna, se saca el dedo, suspira y vuelve a hacerse un ovillo, pequeñito, plácido.

Hay una sensación más grata que volar desnudo: la de sentir el peso leve de un bebé que duerme y sueña en tu regazo.

Nora, Nora, Nora...

A Nora le instalaron el mundo para cuando naciera. Colocaron los mares y los océanos y los continentes. Los animales y las plantas. Las nubes.

A Nora le instalaron el mundo para cuando naciera. Colocaron las guerras, la opresión y la crueldad. Las marchas militares y la comida rápida. El periodismo basura y la televisión. La esperanza.

Luego la parieron.

Horas extras

Hacía frío. Sus labios estaban amoratados por el frío. Ni siquiera vio el semáforo. Cruzó la calle por el camino más corto, trastabillando.

—¡Mira por dónde andas, Perú! —le gritaron desde la ventanilla del coche con medio cuerpo fuera.

Ecuador, protestó vagamente para sí, yo soy del Ecuador... Esta noche le habían pagado las horas extras, y al abandonar la obra paró en el bar con unos compañeros. En medio de la charla fue al servicio, y cuando regresó, sus compañeros se habían marchado, dejando la cuenta a su cargo. Quizá tenía que haber pagado en ese momento, pero se quedó sentado a la barra con la mirada puesta en la entrada. Van a volver, se decía, pero sabía que no lo harían. Tenía el sobre con el dinero de las extras en el bolsillo del abrigo. El camarero le observaba con desconfianza y él pidió otra copa. De vez en cuando se palpaba el bolsillo y sentía el sobre. Se cree que no tengo para pagar... Pensó en Marta y en los críos, en el pequeño, que todas las noches preguntaba por papá. Cuando los acostaban y cerraban la puerta del dormitorio, ellos encendían la luz y se enzarzaban en una guerra de almohadas.

Ya había encontrado la esquina y el parquecito con los bancos, el olor a orín de perro. La hierba brillaba escarchada. Se sentó en un banco, recostó la cabeza, sintió ganas de vomitar. Había pagado la cuenta, pero las extras... aún tenía casi todas las extras en el bolsillo. Cuando se dio cuenta estaba a cuatro patas en el suelo. Tuvo que alcanzar gateando la acera. Reía.

Guerra de almohadas. Volvió a ponerse en pie y, al calor de la entrada de un comercio cerrado, cayó de nuevo al suelo. Oyó pasos que se acercaban y se tocó el abrigo. Tenía sus extras, sentía el fajo de billetes crujientes. Tumbado boca arriba, intentó incorporarse, pero no podía. Hubiera querido llorar. Tengo para pagar... dijo entre dientes, yo soy del Ecuador, y la lengua le llenaba la boca, una lengua hinchada, pesada y redonda como una pelota de goma.

Los pasos llegaron y luego se alejaron. La pareja miró atrás por encima del hombro. ¿Ha venido papá? Hacía calor aquí, otros pasos se acercaban, la pierna le temblaba convulsivamente. Tengo para pagar, tengo para pagar... y se echaba a reír. Los labios amoratados, un hilo de saliva seca en sus labios. Tengo para pagar...

La paciencia

Las rocas parecían grandes animales durmiendo un sueño prehistórico. Grandes rocas pulidas por el sol tibio del atardecer, a punto de despertar y desperezarse con un crujido. Había trepado a la mayor y se había sentado a horcajadas en su lomo.

Sólo había que tener paciencia. Cada cien años, las rocas se levantaban sobre sus cuatro patas. Pesadamente, durante días y noches, olfateando el viento y resoplando, buscando con sus ojos nobles y tristes, caminaban hasta encontrar un paraje lejos de los hombres donde reposar otros cien años.

Después de mucho insistir, porque refrescaba y era hora de cenar, su madre lo hizo bajar agarrándolo del brazo. En el suelo le propinó un azote, pero los amigos de las rocas debían soportar la humillación sin una mueca de dolor en el rostro.

En mitad de la noche, despertó sudando. Acudió a la ventana. El cielo estaba cubierto, una noche oscura, y la mirada no podía penetrar el espesor de los árboles. Se quedó allí, esperando, las palmas de las manos pegadas al cristal. De un momento a otro,

las rocas despertarían y el cristal vibraría con su
bramido antiguo.

La conciencia de la sociedad

Sólo Spanair te compensa con un billete si se retrasa tu vuelo, y lo mantenemos incluso en verano. Para la prolongación del gaseoducto, las excavadoras desmontaban dos kilómetros en vía recta, abrían una zanja de tres metros de profundidad. Hola, señor Castor, ¿qué hay que hacer para tener los dientes tan fuertes? Arrancaban encinas centenarias desde la raíz y una grúa las iba arrojando al remolque de la serrería. Como peatón, eres el elemento más frágil y vulnerable del tráfico. Dejó el desayuno preparado para los niños y a primera hora de la mañana se sentó en el tronco de una de las encinas derribadas y se esposó a una rama. Aunque obligó a paralizar las obras, y aunque nunca había tenido tantas cámaras y tantos micrófonos tan cerca, la primera norma del peatón es el sentido común. ¿Saldría guapa? Ni sonaba como un diésel, ni aceleraba como un diésel. ¿Y si sentía ganas de orinar? El Renault Laguna dCI tiene el brío de un motor de gasolina. Eso no debía importarle ahora. El peor momento para dudar, quizá no estuviera haciendo lo correcto, otras personas podían saltar más alto, correr más rápido, ser más fuertes. El beneficio de Sol Meliá cayó un 93 % en el primer semestre y ella se llamaba Luisa, pero era una más de la asociación ecologista, una más. Hubiera querido salir corriendo. Decenas de miles de megalómanos peregrinaban cada año al exclusivo festival de Bayreuth, estaba segura de que no habría acudido un solo periodista si no fuera por su gesto. Las encinas ya se encontraban allí cientos de años antes de que se urbanizara la comarca y allí debían continuar. Ahora Cameron Díaz se lo toma en serio, ha llegado el momento de la verdad y ella lo sabe, la frase que tanto había preparado, la tenía en la punta de la lengua y sentía unos deseos enormes de echarse a llorar. Un argelino había aparecido muerto en los calabozos de la comisaría Centro. Somos la conciencia de la sociedad. El eje del curso de Magris en la Universidad Internacional Menéndez Pelayo era la novela. ¿Había vocalizado bien? Expresión por excelencia del mundo moderno, estaba condenada a desaparecer tal como se la había concebido hasta el presente. Somos la conciencia de la sociedad, repitió para sí. A lo peor la había pronunciado demasiado rápido. Un primer plano de sus mejillas humedecidas por las lágrimas. La idea de utilizar un pueblo para probar estrategias de mercado extrapolables a todo un país no estaba bien planteada. Después de todo, pensarían que se había emocionado, cuando la verdad es que la consumían los nervios. Como Endesa y tú, iluminamos tu vida; el monstruo que escupe fuego y tiene cinco brazos, derrotado por una simple luz. El retrato de Manuel Azaña en una imagen de archivo. Fue la esperanza de una España reconciliada con la modernidad, que acabó dividida en una guerra entre hermanos. «Después de las guerras de los grandes vendrán las guerras de los pigmeos», profetizó Winston Churchill. Depósito a un mes 7 % T.A.E. ¿Quién ha dicho que es la conciencia de la sociedad? ¿Quién prefieres que trabaje este verano, tú o tus ahorros? Tenía que acordarse de comprar un vídeo para grabar el programa. Las cosas más hermosas son a veces las más feas. Y viceversa. Óscar Mayer: no subestimes el poder de una salchicha.

Emilio Herrera sube
en globo a la estratosfera

Cuentan las crónicas que el aviador Emilio Herrera nunca subió en globo a la estratosfera. La ascensión desde el aeródromo de Cuatro Vientos en Madrid estaba prevista para el mes de octubre de 1936, pero en julio los fascistas dieron un golpe de estado. Un testimonio dudoso afirma que la mañana en que las tropas de Franco tomaron el aeródromo, un soldado se puso la escafandra espacial de Herrera para divertir a sus compañeros y que por la tarde rellenaron el traje con trapos y lo utilizaron como diana en unas prácticas de tiro.

Cuentan las crónicas que el anciano Emilio Herrera vivió exiliado en París. En el pequeño apartamento que ocupaba con su mujer, las cañerías protestaban cuando alguien llenaba el lavabo y las maderas de la escalera denunciaban a los noctámbulos borrachos.

Una noche de verano de 1967, semanas antes de su muerte, Emilio Herrera soñó que era octubre de 1936 en una tierra en paz y que subía al cielo en globo aerostático. Soltó lastre y pronto perdió de vista las franjas de césped verde y de cemento del aeródromo de Cuatro Vientos, y a más de diez mil metros de altura ya había superado sin contratiempos la corriente del Chorro. La ciencia afirmaba que a tanta altura no había oxígeno, pero él se quitó la escafandra más arriba de los veinte mil metros y respiró a pleno pulmón, con gran placer. Incluso hizo un poco de gimnasia en la barquilla, flexionando las piernas y levantando y bajando los brazos. El globo se mecía suavemente en el azul oscuro, lejos, muy lejos de los continentes amarillos y del océano espumoso.

Emilio estaba rodeado de estrellas. A veces tenía que soplar con toda la fuerza de sus pulmones para que el globo variara su rumbo y no chocara con ellas. Hasta la barquilla se acercó flotando una, errante y solitaria, y se posó en la palma de su mano.

La mantequilla de Laura

Una luminosa mañana a finales del invierno, sentada en la última fila del autobús, Laura cerró los ojos e imaginó que, con una mano, la derecha, estiraba y bajaba el escote hasta mostrar un pecho, mientras que con la otra mano, la izquierda, lo sostenía alzado. Era una teta blanca, cremosa, un pedazo de mantequilla con la areola rosa y el pezón erecto.

A los pocos días, Laura comenzó a llevar a la práctica sus sueños. Se sentaba al final en el autobús y durante un instante mostraba el pecho con discreción. En el metro, se situaba frente a la puerta y, en algún tramo del oscuro túnel, se ofrecía el pecho a sí misma, en el espejo del cristal.

Las primeras veces se sentía nerviosa, pero poco a poco la ansiedad fue desapareciendo. Observó que aunque algunas personas se percataban de su gesto, simulaban no verlo. Miraban hacia otro lado, volvían la cabeza; en algunas ocasiones la miraban a los ojos y luego recorrían su cuerpo como con negligencia, pero saltando con pudor desde su vientre hasta su cuello.

Después de unas semanas, ya en primavera, Laura mostraba su pecho con serenidad. Hallaba un leve placer en cerrar los ojos cuando sabía que alguien la miraba. Bajar sus párpados azules era extender un pasaporte a las miradas del otro, de modo que en las hojas del pasaporte se estampaban los sellos de las escalas: las miradas se detenían en su cuello, seguían la curva de su cabello sobre los hombros, rozaban sus dedos, acariciaban su pecho.

Laura se sentía segura de sí misma y dichosa. Los días eran más y más largos y el sol regalaba vida. Había tiestos con flores en las ventanas, los árboles de las avenidas reverdecían. Ya se habían guardado definitivamente los abrigos. Las ropas se aligeraban, el sol doraba la piel.

Una calurosa mañana de verano, con el pecho al descubierto en la fila trasera del autobús, Laura cerró los ojos e imaginó que una cabeza de pelo rizado se inclinaba ante su pecho y lo besaba, apartaba su vestido para lamerle ampliamente la areola y mamaba de su pezón. El aliento derretía su piel mientras los labios pronunciaban su nombre.

Aún no

Ella venía los martes y los jueves, y hoy no era ni martes ni jueves. Al amanecer, ya tenía los ojos abiertos, pero aguantó con disciplina en la cama hasta que a las ocho sonó el despertador.

Se aseó desnudo de espaldas al espejo. Se pasó una esponja húmeda por los sobacos, por la entrepierna. Se afeitó la barba al tacto. La bañera era, desde hacía mucho tiempo, el lugar donde se guardaban la fregona, los cubos y los productos de limpieza.

No cumpliría cien años. Había meditado la posibilidad de despedirla, pagarle un par de meses como compensación y decirle «no vuelvas».

«No hay cinco gatos debajo de la mesa», decía él; ella miraba debajo de la mesa. «No me hagas un poleo», y ella le traía un vaso de agua. «No te he pedido un vaso de agua». No importaba que se utilizara un lenguaje no asertivo, pensaba, estábamos programados para representarnos algo aunque no se hubiera dicho nada. «Hábleme bien —le pedía ella—; una persona como usted, con su inteligencia y su cultura... ¿se está burlando de mí?» Y él respondía: «No pretendía que pensaras eso».

Había sido locutor de radio en la República, actor y guionista en México y Argentina, columnista de periódico durante la Transición. Había escrito más de cuarenta libros, que juntos llenaban un anaquel. «Libros sin lectores no son libros», presumía con humildad.

Los últimos veinte años no salía del apartamento más que para comprar pan, yogures, fruta, azúcar y paquetitos de menta-poleo. «Siempre come lo mismo. ¿Quiere que le traiga algo?» se ofrecía ella. «No me traigas pescado», respondía él. «Pero ¿qué quiere que le traiga?» se enfadaba ella. Y él concluía: «No, mejor no».

Aquellos treinta metros cuadrados eran su mundo. En ningún otro lugar había pasado tanto tiempo como en aquel apartamento en un séptimo de la calle de Atocha. El mundo era lógico. Las últimas semanas había contemplado una infinidad de veces la foto de un lago sobre el aparador, un lago que nunca había visitado.

A media mañana se asomó al balcón. No había plantas ni flores en el balcón. Agarrado con las dos manos a la barandilla, gritó:

—¡Me muero!

Miró alrededor. Nadie lo miraba (los coches circulaban por la calle, unos niños la cruzaban de la mano, el panadero fumaba un pitillo recostado a la entrada de su comercio), pero sintió rubor.

Ni lucía el sol ni llovía. No era el día de morir. Aún no.

El afilador de cuchillos

Se le ha desatado un zapato. Se hace a un lado para permitir que la gente siga su camino mientras él permanece agachado. Antes de ponerse en pie escucha un chirrido prolongado, caótico, una multitud de chirridos metálicos. No encuentra la fuente del ruido cuando levanta la frente y mira alrededor, y finalmente, escéptico, pega la oreja a la pared y escucha.

Se levanta rápido, confundido, y camina a grandes pasos. Cien metros más allá se vuelve a detener junto a otro edificio. Finge que se le ha desatado el zapato, se agacha y de nuevo acerca la oreja a la pared, los ojos cerrados. Hay un estruendo de engranajes que chirrían, tuberías, rodamientos y poleas. Saltan chispas al fondo. En el centro de una sala oscura hay un niño sentado en el suelo. Entre sus piernas tiene un tablero, un cubilete y dos dados, pero juega a afilar un cuchillo con la hoja de otro cuchillo.

El mar

Desde que hace diez años quedó inválida, cada mañana la sacan a la galería y ella ve el mar.

Antes de ir al trabajo, el yerno la toma en brazos y la coloca en la mecedora. Sus pies a veces tropiezan con el marco de la puerta, pero no siente nada. La hija ahueca el almohadón del respaldo y le coloca las piernas en el cojín de la banqueta. «Ahora le traigo las medicinas, madre», dice. Y aunque ella pide que no le den más medicinas, porque no quiere más medicinas, porque sólo quiere dormir y olvidar, su hija no entiende el balbuceo inconexo que pronuncian sus labios. «Sí, hace muy buena mañana, madre. Una mañana muy bonita», dice.

Hay hombres de blanco en la playa, con mascarillas, recogiendo chapapote negro. Grandes paladas de petróleo que arrojan en cubos y contenedores. El trasiego de las figuras de blanco se prolonga ya una semana y no hay mariscadoras, aquellas mujeres de negro que caminaban descalzas y agachadas por la arena para arrancarle almejas y berberechos. A lo lejos pasa un barco de pesca. Hay unas siluetas blancas en la cubierta.

Ella, que en su infancia escuchó leyendas de ballenas que asustaban a los marinos en sus botes de remo, que golpeaban el mar con su enormes colas y que mostraban sus lomos relucientes al sol para retar al cielo con chorros de agua y vapor, aprendió a amar un mar sin ballenas y sin manadas de delfines errantes.

Quizá sus nietos, piensa, aprendan a amar un mar gris sin peces ni pescadores, cruzado por los mercantes de acero, bajo un cielo rasgado por las estelas de los aviones supersónicos.

La pasarela

Después de cinco horas a pie por caminos rurales entre sembrados y por sendas sinuosas, Mario se introdujo en un erial. Se protegía del sol con un sombrero de paja de ala ancha. La llanura estaba regada de cantos, y en la tierra, esponjosa, a menudo se le hundían las botas hasta el tobillo.

Tenía sed y ya había bebido el agua de la cantimplora, de modo que cuando distinguió a lo lejos las matas verdes se dijo para sí mismo con ironía que, a lo peor, no era una fuente sino un espejismo.

No había agua. Las matas habían arraigado en una ligera elevación del terreno, como una duna enana, y entre ellas asomaban restos de una construcción. Al acercarse vio que se trataba de una escalera: peldaños y pasamanos, todo de madera, como la pasarela de un barco. «Un barco en este páramo... qué absurdo», se dijo.

Un extremo de la pasarela se hundía en la tierra, mientras que el otro se recostaba en la duna, como si estuviera hecha para salvar el metro de altura del montículo. Los peldaños estaban cubiertos de arena blancuzca. Quizá no estuvieran en buen estado. Mario trepó al montículo por un lado y con un gesto mecánico se hizo visera con la mano, mirando a lo lejos. La llanura se extendía con la misma monotonía. Guijarros, algunas hierbas que se arrastraban a ras de tierra. Entre lo alto de la pasarela y el otro lado de la llanura, una caída, el mismo desnivel de un metro.

Había leído historias de conquistadores que en América cargaron con galeones a través de la selva y las montañas, pero ésta era la meseta de origen de los conquistadores, a quinientos metros de altitud, la costa más cercana se encontraba a casi quinientos kilómetros de distancia y hasta la selva mediaba un océano.

Se aseguró de la resistencia del primer peldaño subiéndose a él y descargando todo el peso de su cuerpo. Luego se sentó y comió fruta. No había viento, no se oía un pájaro. Una gota de sudor resbaló por su frente.

«Quizá se trate de un lago seco», pensó, aunque tampoco había a la vista restos de barcas ni de plantas acuáticas ni nada que recordara un lago ni un humedal. Se encogió de hombros: sabía poco de geología.

Varias veces rodeó el montículo y la pasarela. Se sentía más fuerte ahora, después de haber comido. Sentía la boca fresca, el jugo de la fruta. Aquella pasarela tenía que estar allí por algún motivo, no podía ser una pasarela al vacío, al absurdo, para nada.

Quizá fuera por el sol, o por la fruta, por lo que fuera, qué importaba; pero retrocedió veinte pasos y encaró la pasarela. Tomó impulso y echó a correr a toda velocidad hacia ella. Los pulmones llenos, los músculos tensos y flexibles. La subió de dos zancadas y, batiendo el pie en el último peldaño, saltó y voló hacia el otro lado.

ÍNDICE

José Marzo

Novelista, nació en Madrid en 1967 y se crió en un barrio de la periferia. Ha trabajado como antenista, obrero de automoción, recepcionista de noche de hotel, cartero, director de oficina postal y editor, entre otros empleos. Abandonó la carrera universitaria de filosofía para dedicarse al estudio autodidacta y a la creación literaria. Su biblioteca personal supera los tres mil volúmenes, entre obras de narrativa y ensayos de filsofía, historia y ciencia.

Entre sus obras se cuentan las *Novelas Plurales*, un referente de la nueva narrativa realista, *Viento en los oídos* (*Trilogía Fabulosa 1*) y el ensayo de filosofía política *El paso*.

En paralelo a su actividad creativa, ha sido promotor de asociaciones y proyectos culturales, como la revista *La Fábula Ciencia*. En 2006 fundó ACVF Editorial.

Aurora, escrita a lo largo de diez años y con una vocación de sencillez extrema, está formada por 77 mini-relatos, que componen una biografía de las emociones y el desconcierto.

Más información en
www.acvf.es

www.ingramcontent.com/pod-product-compliance
Lightning Source LLC
Chambersburg PA
CBHW021010180626
46814CB00003B/1232